까마귀

에드거 앨런 포 전집 **6** ──────── 시 전집

EDGAR ALLAN POE

까마귀

에드거 앨런 포

손나리 옮김

시공사

일러두기

1. 이 책은 에드거 앨런 포의 시 전편을 우리말로 옮긴 것이다.
2. 번역 대본으로는 토머스 올리브 매벗(Thomas Ollive Mabbott) 편 《Edgar Allan Poe Complete Poems》(University of Illinois Press, 2000)를 사용했다.
3. 지은이의 주와 옮긴이의 주는 본문 하단에 숫자로 표시했으며, 말머리에 [원주]라고 밝힌 것은 지은이 주이고, 그 밖의 것은 옮긴이 주이다.

차 례

1 까마귀
― 후기 시들

까마귀	11
정복자 벌레	19
르노어	22
꿈나라	25
율랄리	29
울랄름	31
수수께끼	37
꿈속의 꿈	39
애니를 위한 시	41
――에게	47
왕권신수설	49
밸런타인 연가	50
M. L. S에게	52
――에게	54
종들	56
헬렌에게	63
맥주에 대한 시	68
엘도라도	69
어머니께	71
애너벨 리	73

2 이스라펠
―중기 시들

헬렌에게 79
이스라펠 81
잠자는 이 85
불안의 계곡 89
바닷속 도시 91
찬가 95
낙원에 있는 이에게 99
찬송가 101
세레나데 102
――에게 104
콜로세움 106
F. S. O에게 110
F에게 111
결혼식 발라드 113
잔테 섬에게 116
소네트 118
유령이 사는 궁전 119

3 테멀레인
—초기 시들

테멀레인	125
노래	139
꿈들	141
죽은 자의 영혼들	144
저녁 별	147
모방	149
연들	151
꿈	154
가장 행복한 날	156
호수	158
소네트	160
알 아라프	161
로맨스	191
——에게	193
강에게	195
——에게	196
요정 나라	197
홀로	200
엘리자베스	202
해설	205
에드거 앨런 포 연보	235

1

까마귀
-후기 시들

까마귀

어느 쓸쓸한 한밤중, 고단하고 고달픈 내가
무수히 잊힌 기이하고 신비한 민담을 골똘히 읽다가
꾸벅꾸벅 거의 졸던 중에 불현듯 들리는 똑똑 소리.
누군가 부드럽게 내 방문을 두드리는 듯한 소리.
나는 중얼거렸네 "누가 와서 내 방문을 두드리나.
          뭐 그뿐, 더는 없어."

아, 또렷이 기억하네, 음산한 십이월이었고
점점이 꺼져가는 장작불이 유령처럼 마루 위를 어른거렸지.
나는 간절히 다음 날이 밝기를 바랐으니, 슬픔의 위로를
책들에서 얻어보려 해도 르노어를 잃은 슬픔에는 아무 소용 없었기에,
   천사들이 르노어라 부르는, 둘도 없이 귀하고 빛나는 그녀는
          이곳에 더는 이름이 없기에.

그렇기에 보랏빛 커튼의 부드럽고 슬픈, 불확실한 바스락거림에

나는 전율했지, 전에 느껴본 적 없는 황홀한 공포에 사로잡혔지.
그리하여 나는 이제, 심장의 요동을 진정시키려 일어서서 다시 말했네
"누가 와서 내 방에 들어오려 청하는가.
늦은 시각 누가 와서 내 방에 들어오려 청하는가.
그저 그뿐, 더는 없어."

내 영혼 즉시 대담해져 더 이상 주저하지 않고 말했네
"선생 혹은 부인, 진정으로 용서를 청합니다.
사실 제가 졸고 있던 터라, 당신의 몹시 부드러운 똑똑 소리를,
제 방문을 두드리는 몹시 가냘픈 똑똑 소리를
거의 듣지 못했습니다." 그리고 문을 활짝 여니
그곳엔 어둠뿐, 더는 없어.

의아하고 두려운 채 거기 한참 서서 그 어둠 깊숙이를 들여다보며
나는 의심 가득하게, 감히 산 자가 꿈꾼 적 없는 꿈을 품어보았네.
하지만 침묵은 깨지지 않고, 고요는 어떤 신호도 주지 않으며,
들리는 말이라고는 오로지 속삭이는 그 한 단어, "르노어?"
그건 나 자신의 속삭임에 메아리친 웅얼거림, "르노어!"
단지 그뿐, 더는 없어.

방으로 돌아서니 내 안의 온 영혼이 불타올랐네.
이내 다시 똑똑, 처음보다 조금 큰 소리.
나는 말했네 "분명, 분명, 내 창틀에 뭔가가 있는 거야.
자 어디 보자, 거기 무엇이 있든 이 신비를 탐험해보기로 하자.
자 내 심장을 잠시 진정시키고 이 신비를 탐험해보기로 하자.
바람이었군, 그뿐 더는 없어!"

나는 창의 덧문을 열어젖혔고, 그때 푸드덕 퍼드덕 수많은 날갯짓하며
먼 옛날 성스러운 시대의 위풍당당한 까마귀 한 마리가 발을 들였네.
최소한의 예의 차린 인사도, 잠깐 멈추어 서는 기색도 없이,
그러나 귀족의 기품으로 그는 내 방문 위에 자리를 잡았고
다시 방문 위 팔라스 여신의 흉상에 자리를 잡았네.
자리를 잡고 앉았을 뿐, 더는 없어.

이 흑단빛 새의 진지하고 단호한 품위에 홀려
나는 내 슬픈 공상을 잊고 미소 짓고 말았지.
"그대 볏[1]은 다 깎였지만, 분명 볼품없는 자는 아니로다.

밤의 왕국 바닷가에서 날아와 떠도는 섬뜩하게 음울하고 연로한 까마귀여,
말해다오, 플루톤[2]의 밤의 왕국 바닷가에서 그대의 고귀한 이름은 무엇인가!"
까마귀가 말했네 "결코 더는."

나는 너무 감탄했네, 이 투박한 날짐승이 그토록 또박 대답을 하다니.
비록 대답은 말이 되지 않고 내 질문과 상관이 없었어도
그 어떤 살아 있는 인간이 자기 방문 위에 앉은,
자기 방문 위 조각 흉상 위에 앉은, 제 이름을 말하는
새인지 짐승인지를 보는 행운을 누렸으랴.
그 이름은 "결코 더는."

그러나 까마귀는 조용한 흉상 위에 외로이 앉아 단지 그 말만,
마치 그 한마디에 영혼을 쏟아낸 것처럼 그 말만 했네.
더는 말도 없고, 더는 깃털 하나도 퍼덕이지 않았네.

---

1 원문의 crest는 '볏' 외에 '가문의 문장紋章'을 뜻하기도 한다.
2 그리스 신화에 나오는 저승의 신 하데스의 로마 이름.

내가 웅얼거렸지 "다른 친구들은 예전에 날아가버렸고,
내일이면 그는 나를 떠날 거야, 내 희망이 예전에 날아가버렸듯이."
그러자 새가 말했네 "결코 더는."

너무도 적절한 대답으로 침묵이 깨진 것에 놀라 나는 말했지
"의심할 여지 없이 저건 저 새가 할 줄 아는 유일한 말,
어느 불행한 주인에게 얻어 들어 할 줄 알게 된 말일 거야.
무자비한 불행에 연이어 추격당한 그자의 노래에 맺힌 하나의 핵심이지.
그의 희망이 깃든 비가 속에 맺힌 그 우울한 핵심은
'결코, 결코 더는.'"

그러나 그 까마귀는 여전히 나의 슬픈 공상을 홀려 미소 짓게 만들기에
나는 푹신한 의자 하나를 곧장 새 앞으로, 흉상과 문 앞으로 밀고 갔네.
그러곤 벨벳 의자에 푹 꺼지듯 앉자마자 공상에 공상을 엮으며
민담에 나오는 이 불길한 새에 대해 생각했네,
이 우울하고 투박하고 섬뜩하고 수척하고 불길한 새가 그 울음

으로 무엇을 말하는 건지.
그 까악 소리 "결코 더는."

추측에 몰두하며 앉아 있었지만 말로는 결코 표현하지 못했으니
이 날짐승의 이글거리는 눈이 내 가슴 한복판에 타들어온 때문이네.
램프 빛이 담뿍 비치는 쿠션의 벨벳 덧단에 머리를 기댄 채
나는 이런저런 추측과 그 이상을 점치며 앉아 있었지.
그러나 램프 불빛 담뿍 비치는 보라색 벨벳 쿠션에
그녀는 기댈 수 없네, 아, 결코 더는!

그때, 내 느낌에, 보이지 않는 향로의 향으로 공기가 짙어졌지.
천사들이 카펫 깔린 바닥을 스치듯 걸으며 향로를 흔드는 것 같았지.
"가련한 자여." 나는 외쳤네 "그대의 신이 빌려주셨구나, 이 천사들 편에 보내주셨구나,
르노어의 기억으로부터 놓여나도록 휴식과 물약을 보내주셨구나.
단숨에 들이켜라 이 친절한 물약을. 그리고 잊으라, 죽은 르노어를!"
까마귀가 말했네 "결코 더는."

"예언자여!" 나는 말했네 "악의 존재여! 새든 악마든 예언자여!

사탄이 보냈건 폭풍이 그대를 이곳 뭍으로 내던졌건

그대 쓸쓸하면서도 대담한 모습으로 이 마법 걸린 사막땅 위에,

공포가 출몰하는 이 집에 나타난 그대여, 부디 간청하니 진실을 말해다오

길리아드[3] 땅에는 치유의 향유가 있는가? 말해다오, 말해다오!"

까마귀가 말했네 "결코 더는."

"예언자여!" 나는 말했네 "악의 존재여! 새든 악마든 예언자여!

우리를 굽어보는 저 천국의 이름으로, 우리 둘 다 경배하는 저 신의 이름으로 청하니,

슬픔 가득한 이 영혼에게 말해다오, 그 머나먼 에덴에서

천사들이 르노어라고 부르는 성스러운 여인을 내 영혼이 부둥켜안을 수 있을는지,

천사들이 르노어라고 부르는 둘도 없이 귀하고 빛나는 그녀를 부둥켜안을 수 있을는지."

---

[3] 요르단 강 동부 지역. "길리아드에는 치유의 향유가 없는가?"라는 구약성경 〈예레미아서〉의 한 구절을 되울리고 있다.

　　　　　　까마귀는 말했네 "결코 더는."

　나는 벌떡 일어나 소리쳤네 "그 말이 우리의 작별 신호가 되리라, 새인지 악마인지여!
　폭풍 속으로, 그 플루톤의 지옥 왕국 기슭으로 되돌아가라!
　그대의 영혼이 말한 거짓의 징표일랑 검은 깃털 하나도 남기지 마라!
　나의 고독을 방해 말고 떠나라! 내 문 위의 흉상에서 떠나라!
　그대의 부리를 내 심장에서 빼내라, 그대의 모습일랑 문밖으로 데리고 사라져라!"
　　　　　　까마귀는 말했네 "결코 더는."

까마귀는 결코 날개짓도 않고 여전히, 여전히 앉아 있네
내 방문 바로 위 그 창백한 팔라스 흉상 위에.
그의 눈에는 꿈꾸고 있는 악마의 모든 분위기가 깃들었고
그를 비추는 램프 불빛은 그의 그림자를 바닥 위로 드리우네.
그리고 나의 영혼은 바닥 위로 떠도는 저 그림자로부터
　　　　　벗어나지 못하리라, 결코 더는!

정복자 벌레[4]

보라! 쓸쓸한 노년에 누리는
축제의 밤이다!
날개 달린 천사 한 무리가
베일로 치장을 하고 극장에 착석하더니
온통 눈물에 젖어
희망과 두려움의 연극을 본다
오케스트라가 천체의 음악을
숨을 헐떡이듯 발작적으로 연주하는 동안.

신의 형상으로 분장한 무언극 배우들이
높은 곳에서 입을 오물오물 낮게 웅얼거리며
여기저기 날아다닌다.
그들은 그저 꼭두각시일 뿐이니,

---

[4] 1843년 처음 발표된 시로, 시집 《까마귀 외 다른 시들》에 수정본이 수록되었다. 포의 단편 〈라이지아〉(1845)에도 등장한다.

형체 없는 거대한 것들이 콘도르 같은 날개를 퍼덕이며
장면들을 앞으로 뒤로 바꾸고
보이지 않는 슬픔을 퍼뜨릴 때
그것들의 명령에 따라 왔다 갔다 할 뿐이어라!

저 뒤죽박죽 부조리한 희곡. 오, 확신하라
저 희곡은 잊히지 않으리란 것을!
한 무리의 군중은 저 '환영'을 영원히 좇으면서도
결코 그것을 포획하지 못하고 원을 돌아
항상 똑같은 장소로 되돌아오게 되는 저 희곡은,
그 '환영'과 무수한 '광기'와 그보다 더 많은 '죄'
그리고 플롯의 핵심인 '공포'가 있는 저 희곡은
결코 잊히지 않으리란 것을.

그러나 보라, 저 광대극 무리 한가운데로
침입해 들어가 기어 다니는 한 형체를!
무대 뒤에 고독히 있다가 꿈틀거리며 나오는
핏빛 붉은 것을!
무언극의 배우들은 그것의 먹이가 되고
그것은 인간의 고통으로 꿈틀! 꿈틀거린다!

그리고 천사들은 인간이 흘린 피로 물든
그 독 있는 벌레의 송곳니에 흐느껴 운다.

꺼진다, 빛이 꺼진다, 모두 꺼진다!
떨고 있는 모든 형체들 하나하나 위로
커튼은, 장례식의 관 덮개는,
급습한 폭풍처럼 일시에 내려오고
천사들은 모두 파리하게 창백해져
베일을 벗어던지고 솟아오르며 단언한다,
이 연극이 〈인간〉이라는 제목의 비극이고
주인공은 그 '정복자 벌레'라는 것을.

르노어[5]

아, 황금의 잔이 깨어졌도다! 영원히 날아가버린 영혼이여!

조종을 울려라! 성스러운 영혼이 스틱스 강 위에 떠돈다.

그리고 기 드 베르, 그대는 눈물도 없는가? 지금 울든지 영영 울지 말게!

보게! 저기 음울하고 뻣뻣한 상여 위에 그대의 사랑 르노어가 낮게 누워 있다!

자 이리 모여라! 매장 의식의 조사를 읽게 하라, 장례식의 노래를 시작하라!

그토록 젊어서 죽은 자들 중 가장 여왕다운 이를 위한 송가를.

그토록 젊어서 죽었기에 두 배로 죽은 그녀를 위한 비가를.

"비열한 자들! 당신들은 그녀의 부 때문에 그녀를 사랑했고 그녀의 자긍심 때문에 그녀를 미워했지.

---

[5] 이 시는 1831년 발표한 〈찬가〉의 수정본이어서 중복되는 내용이 있지만, 여러 번의 개고를 거치면서 거의 새로운 분위기의 시가 되었다. 여기 옮긴 형태 외에도 여러 다른 수정본들이 있다.

그리고 그녀가 건강이 쇠하여 쓰러지자 당신들은 그녀를 축복했지, 그녀가 죽는 것을!

그런데 어떻게 당신들이, 당신들의 눈이, 당신들의 중상모략하는 혀가

그 조사를 읽을 거요? 어떻게 진혼가를 부를 거요?

그토록 젊어서 죽은 그 순결한 존재를 바로 그 눈과 혀가 죽게 만들어놓고?"

우리가 죄인이오. 그렇다고 그렇게 미친 듯 횡설수설은 말게! 안식일 성가가 아주 엄숙히

신께로 올라가도록, 죽은 이가 절차상 아무 하자가 없다 느끼도록 해주게!

그 사랑스러운 르노어는 우리보다 앞서가버렸지. 그대의 신부가 되었어야 하는 그 사랑스러운 아이는

그대를 정신도 못 차리게 남겨놓고 희망을 옆에 데리고 날아가버렸지.

아름답고 유쾌한 그녀가 지금 너무도 낮게 누워 있고

생명은 그녀의 노란 머릿결에서 노닐지만 그녀의 눈 안에는 없소.

생명은 그녀의 머릿결 그곳에 여전히 있지만 그녀의 눈 안에는 죽음이 있지 않소.

"저리 가요! 저리 가요! 부당한 대접 받은 그녀의 혼은 악마들을 떠나 친구들을 향해,

　지옥을 떠나 천국 최고의 고귀한 자리를 향해,

　슬픔과 신음을 떠나 천국 왕 옆 황금의 옥좌를 향해 둥둥 올라가니

　어떤 종소리도 울리지 마시오! 그녀의 아름다운 영혼이 성스러운 희열 속에서

　그 선율을 듣게 하지 말란 말이오, 저주받은 지상으로부터 올라온 선율이니!

　그리고 나는 오늘 밤 마음이 가벼우니 그 어떤 애도가도 불러대지 않을 거요.

　대신, 옛 시절의 환희의 찬가를 불러 천사 같은 르노어를 둥둥 날아오르게 할 거요!"

꿈나라

'밤'이라는 이름의 '환영'이
검은 왕좌에 꼿꼿이 앉아 다스리는 곳에서
나는 오로지 나쁜 천사들에 사로잡힌 채
어두침침하고 외로운 길을 따라
희미한 북쪽 맨 끝 땅[6]으로부터
이제 막 이 땅에 이르렀네,
'공간'을 벗어나, '시간'을 벗어나 숭엄하게 자리 잡은
그 황량하고 불가사의한 기후로부터.

바닥 없는 골짜기들과 경계 없는 물결들
갈라진 협곡들, 동굴들, 타이탄 같은 수풀들,
온 사방에서 떨어지는 이슬들에 뒤덮여
어떤 인간도 발견할 수 없는 모양을 한 그것들.

---

6 원문은 툴레Thule로, 지금의 그린란드 서북쪽 지역이다. 고대인들에게는 세계의 북쪽 끝으로 인식되었다.

기슭도 없는 바닷속으로
끊임없이 쓰러져 들어가는 산들,
초조한 열망으로 파도를 굽이치며
불타는 하늘로 올라가는 바다들,
쓸쓸한 물결―그 쓸쓸하고 죽어 있는
고요한 물결을 끝없이 펼치는 호수들,
고요하고 싸늘한 물결의 호숫가들에
고개 떨군 눈 덮인 백합들.

그렇게 쓸쓸한―쓸쓸하고 죽어 있는
물결을 펼치는 호숫가들에서,
눈 덮여 고개 떨군 백합들 늘어선
그 슬픈―슬프고 싸늘한 물결의 호숫가들에서,
나지막이 중얼거리는, 영원히 중얼거리는
그 강 근처 산언저리에서,
개구리와 도롱뇽이 야영하는
그 잿빛 숲가, 늪지에서,
악귀들 사는 그 음산한
작은 못과 웅덩이들 옆에서,
가장 부정한 모든 곳

가장 우울한 모든 구석들에서,
여행자는 간담 서늘해지며 그곳에서
천에 휘감긴 과거의 기억들을 보네.
방랑자 옆을 스쳐 지나며 놀래키고 한숨짓는
수의에 싸인 형체들을 보네.
오래전 고통 속에 죽어, 땅에 묻혔다 하늘로 간
하얀 옷을 입은 친구들의 형상을 보네.

무수한 슬픔을 가진 마음에게 이곳은
평화롭고 위안을 주는 곳.
그림자 속을 걷는 영혼에게 이곳은
오! 이곳은 엘도라도!
그러나 이곳을 여행하는 여행자는
제대로 볼 수 없네, 감히 보지 못하네.
이곳의 신비는 결코 노출되지 않을 것이고,
연약한 인간의 눈에는 드러나지 않을 것이므로.
그것이 이곳 왕의 결정―그는 금한다네
술 달린 눈꺼풀을 들어 올리는 것을.
그리하여 이곳을 지나는 그 슬픈 '영혼'은
컴컴한 유리를 통해서만 그곳을 보네.

'밤'이라는 이름의 '환영'이

검은 왕좌에 꼿꼿이 앉아 다스리는 곳에서

오로지 나쁜 천사들에 사로잡힌 채

어두침침하고 외로운 길을 따라

이제 막 집으로 왔네,

그 희미한 북쪽 맨 끝 땅으로부터.

율랄리

　　슬피 신음하는 세계에
　　나 홀로 살았지.
　내 영혼은 고여 움직이지 않는 물결이었네
아름답고 온화한 율랄리가 얼굴 붉히는 내 신부가 되기 전까지는,
노란 머리의 젊은 율랄리가 나의 미소 짓는 신부가 되기 전까지는.

　　아, 밤의 별들도
　　밝지 않았지, 밝지 않았지
　눈부시게 빛나는 그녀의 눈보다는.
　　수증기가 보랏빛 진줏빛의
　　엷은 달빛을 섞어 빚어낸
　줄무늬 카네이션도
정숙한 율랄리의 가장 매만지지 않은 곱슬머리와 겨룰 수 없네,
　찬란한 눈을 가진 율랄리의 가장 소박하고 아무렇게나 둔 곱슬머리와 견줄 수 없네.

이제 의심도 고통도

다시는 오지 않으리

내가 한숨 쉬면 그녀의 영혼도 한숨으로 화답해주기에

그리고 하루 종일

하늘에는 아스타르테[7]가

밝고 강하게 빛나고 있기에,

사랑하는 율랄리가 부인다운 눈으로 줄곧 올려다보는 동안.

젊은 율랄리가 자줏빛 눈으로 줄곧 올려다보는 동안.

---

[7] 고대 페니키아의 풍요와 다산의 여신.

울랄름

−발라드

하늘은 창백한 잿빛으로 엄숙했고

잎들은 바싹 말라 시들어 있었네,

잎들은 죽어가는 듯 말라 시들어 있었네.

내게는 가장 아련하여 잘 기억나지 않는 해의

쓸쓸한 시월 밤이었지.

안개 낀 위어 중부 지역

오버 호숫가 바로 근처였지.

악귀가 출몰하는 위어 지방의 숲 속

그 습한 오버의 작은 호숫가 아래였지.

언젠가 한때 나는 이곳에서

거대한 사이프러스 우거진 길 따라 내 '영혼'과 돌아다녔지,

사이프러스 길 따라 내 '영혼' 프시케와 함께 돌아다녔지.

내 심장이 마치 화산처럼

들끓고 있던 날들이었네,

굽이치는 화산암의 강물처럼,

북극 야녘 화산 아래로

쉼 없이 유황물 넘실대는 용암처럼,

북극 야녘 산을 따라

신음하며 흘러내리는 용암처럼.

프시케와 나의 대화는 진지하고 침착했지만

우리의 생각은 무기력하게 지쳐 있었지.

우리의 기억은 신뢰할 수 없으리만치 시들어 있었지.

우리는 그달이 시월인지도

일 년 중 무슨 밤인지도 분간하지 못했으니까.

(아, 한 해의 모든 밤 중 가장 중요한 밤이었건만!)

우리는 그 어슴푸레한 오버 호수도 알아보지 못했고

(그곳에 한 번 다녀간 적이 있는데도)

우리는 거기가 습한 오버 호수인 것도

악귀가 출몰하는 위어 숲인 것도 기억하지 못했네.

이제, 그 밤이 다 늦어 스러져가고

별시계가 아침을 가리키고 있을 때

별시계가 아침의 기미를 알려주었을 때

우리가 걸은 길 끝에서

녹아 흐르는 듯한 희뿌연 광채가 생기더니
기적과도 같은 낫 모양의 빛이,
영락없는 뿔 모양의 빛이 나타났네.
아스타르테 여신의 낫 모양 다이아몬드 관이,
영락없이 뿔이 또렷이 달린 관이 빛났네.

나는 말했네 "그녀는 달의 여신 디아나보다 더 따뜻해.
그녀는 한숨 가득한 대기 속을 돌며
한숨 어린 땅에 흠뻑 취하지.
그녀는 벌레들이 결코 죽지 않는 곳에서
눈물이 뺨에 마르지 않는 걸 다 보았어.
그래서 사자자리의 별들을 지나서
우리에게 하늘로 가는 길을 가르쳐주려고
레테의 평화가 있는 하늘 길을 가르쳐주려고 온 거지.
그녀의 빛나는 눈으로 우리를 비추어주려고
사자자리의 위험을 기꺼이 지나와주었지.
사자자리의 동굴을 거쳐
그녀의 빛나는 눈 속에 사랑을 품고 와주었지."

그러나 프시케는 그녀 손가락을 들어 올리며 말했네

"슬프게도 난 이 별을 신뢰할 수 없어.

이상하게 난 그녀의 창백함을 신뢰할 수 없어.

아, 서두르자! 아, 배회하지 말자!

아, 날아가자! 날아가자! 우린 그래야만 해."

공포에 질려 그녀는 말했네,

그녀의 날개는 축 늘어져 흙에 끌리는데.

그녀는 고통스럽게 흐느꼈네,

그녀의 깃털은 축 늘어져 흙에 끌리는데,

슬프게도 그 날개들이 흙에 끌리는데.

나는 대답했지 "무슨 꿈속에서나 할 소리.

저 떨리는 빛을 따라 움직이자고!

저 수정같이 빛나는 빛 속에 멱을 감자고!

저 예언적인 빛의 광휘가 오늘 밤

희망과 아름다움으로 빛을 내뿜고 있잖아.

보라고! 밤새 저 하늘 위에서 반짝거리잖아!

아, 우리 안심하고 저 광채에 의지해도 될 것 같아.

우리를 분명 제대로 인도해줄 빛이야.

우리 확실히 저 광채에 의지해도 될 것 같아.

우리를 제대로 인도하는 게 틀림없는 빛이야.

왜냐하면 밤새 천국을 향해 반짝이니까."

그렇게 나는 프시케를 진정시켰고 그녀에게 키스했지.
우울에서 벗어나도록 그녀를 달랬고
결국 그녀의 망설임과 우울을 진정시켰지.
그리하여 우리는 그 경치의 끝까지 나아갔네.
그러다 어느 무덤의 문 앞에 멈추었네.
무슨 문구가 새겨진 무덤의 문 앞에.
나는 프시케에게 말했지 "누이여, 뭐라고 쓰여 있지?
글자가 새겨져 있는 이 무덤의 문에?"
프시케가 대답했네 "울랄름, 울랄름,
이건 그대의 죽은 울랄름의 납골묘야!"

그때 내 심장은 잿빛으로 가라앉았네
바싹 말라 시들어 있는 그 잎들처럼,
말라 죽어가고 있는 그 잎들처럼.
나는 울부짖었네 "분명 시월이었어,
작년 바로 이 밤에
내가 여기로 여행했지, 내가 바로 여기로 왔지!
내가 그 두려운 짐을 여기로 옮겼지,

일 년의 모든 밤 중 바로 이 밤에.
무슨 악마가 나를 유혹하여 여기로 데려왔나?
아, 이제 나는 이 어슴푸레한 오버 호수를 알겠네.
이 안개 낀 위어의 중부 지방인 줄 알겠네.
아, 이제 나는 이 습한 오버의 작은 호수를,
악귀가 출몰하는 이 위어의 숲을 알겠네."

그때, 우리는 둘이 함께 말했지 "아, 숲의 악귀들이었을까?
그 동정심 있고 자비로운 악귀들이
우리의 길을 가로막아
이 황량한 고원에 있는 비밀에
이 황량한 고원에 숨겨진 그것에
우리가 접근 못 하도록 한 것이었나?
그리고 그들이 달과 비슷한 영혼들 사는
연옥으로부터 그 별의 유령을 이끌어낸 것이었나?
그들이 속세의 영혼들 있는 지옥으로부터
그 죄스러운 불꽃 반짝이는 별을 이끌어낸 것이었나?"[8]

---

8 포의 일부 수정본들 중에서는 이 마지막 연이 삭제되어 출판되기도 했다.

수수께끼

솔로몬 얼간이 님[9]께서 말씀하시길,

"가장 심오한 소네트[10]라 해도 생각이란 걸 반도 발견할 수가 없지.

그 모든 얄팍한 것들을 보면 마치 숙녀의 나폴리식 머리장식망을 뚫어보듯

쉽게 알 수 있지, 쓰레기 중의 쓰레기라는 사실을!

숙녀는 어떻게 그런 허술한 머리장식을 할 수 있지? 그래도 그 머리장식이

그 잘난 페트라르카풍 소네트[11] 따위보단 훨씬 무겁고말고.

그 올빼미 깃털같이 가볍고 쓸데없는 난센스들을 열심히들 익혀 써먹지만

---

9   원문은 'Solomon Don Dunce'로, '돈Don'은 스페인어권에서 남성 귀족 이름 앞에 붙이는 존칭어이고 '둔스Dunce'는 얼간이라는 뜻의 영어 단어이다. 귀족 이름처럼 작명했지만 조롱 섞인 의미를 담았다.

10 14행의 짧은 정형시로, 이 시 역시 소네트 양식이다.

11 가장 전통적인 이탈리아 소네트를 의미하며, 페트라르카는 14세기 활동한 이탈리아의 대표적 시인이다.

가장 약한 숨결에도 그것들은 휘몰아치듯 날려가버리지.

트렁크 안감 도배용 신문으로나 쓰일 그런 난센스들보다야

차라리 그런 머리장식이 더 묵직한 셈일걸."

그래, 솔로몬 그 친구가 정녕 옳고말고. 소네트의 일반적인 터커
먼[12]식은

완전히 거품이라서, 일시적이고 너무 투명하니까. 그러나 확신해
도 좋으리

지금 이 시는 안정적이고, 불투명하며, 불멸이라는 것을,

그 안에 감추어진 소중한 이름으로 인해.[13]

---

12 포의 친구이자 시인인 헨리 터커먼Henry Tuckerman을 말한다.
13 이 시 원문의 띄어쓰기를 없애면 왼쪽 위부터 오른쪽 아래 방향으로 'Sarah Anna Lewis'라는 당대 여성 시인의 이름이 드러난다.

꿈속의 꿈

그대 이마에 이 입맞춤을 받아주오!
그리고 나 지금 그대 떠나며
솔직히 인정하겠습니다.
나의 날들은 하나의 꿈이라고 여기는 그대가
틀리지 않았다고 말입니다.
그렇지만 환상 속에서건 아니건
희망이 하룻밤 혹은 한나절 만에
다 날아가버렸다면
꿈이라서 그만큼 덜 사라진 게 되나요?
우리가 보는 혹은 보는 것 같은
모든 것은 한낱 꿈속의 꿈이 아닙니까.

파도의 물거품에 휩쓸리며
해변이 울부짖는 곳 한가운데 서서
나는 손 안에
금빛 모래알들을 쥐었습니다.

얼마나 조금만 잡히는지! 그마저도

내 손가락들 사이로 흘러내려 대양으로 쓸려가니

나는 슬피 웁니다, 슬피 웁니다!

오, 신이여! 내가 모래알들을

더 꽉 움켜잡을 수 없는 겁니까?

오, 신이여! 내가 무자비한 파도로부터

단 하나도 구하지 못하는 겁니까?

우리가 보는 혹은 보는 것 같은

모든 것은 한낱 꿈속의 꿈입니까?

애니를 위한 시

오, 하늘에 감사할 일!
고비를 넘겨 위험이 지나갔고
잦아든 남은 증상들도
마침내 그쳤습니다.
"살아가기"라 불리는 그 고열도
마침내 잡혔습니다.

슬프지만 나는 압니다,
기력이 다 소진된 내가
반듯이 누운 채로
근육 하나 움직이지 않는다는 걸.
그래도 상관없습니다!
마침내 한결 나은 느낌이거든요.

나는 지금 침상에
너무도 차분히 쉬고 있기에

누구라도 나를 보면

죽은 거라고 확신할지 모릅니다.

내 모습에 내가 죽었다고

움찔할지 모릅니다.

그 신음과 끙끙거림

한숨과 흐느낌은

두려운 심장의 고동과 함께

지금 조용해졌습니다.

아 그 두렵고 두려운

심장의 고동과 함께요!

메스꺼움과 구역질

그 무자비한 고통이 멈추었습니다,

나의 뇌를 미치게 만들었던 그 고열,

나의 뇌 안에서 불탔던

"살아가기"라고 불리는

그 열병과 함께요.

그리고 나를 고문한 모든 고통 중

오! 그 최악의 고통이

진정되었습니다. 저주받은 열정이

나프타기름으로 불붙는

그 강을 향한 끔찍하게 고통스러운

갈증이 말입니다.

모든 갈증을 식혀주는

어느 강물을 마셨기 때문이지요.

땅 밑으로 그리 깊지 않은

샘물로부터 흐르는,

땅 밑으로 그리 멀지 않은

어느 동굴로부터

자장가 소리 내며 흐르는

어느 강물을 마셨기 때문이지요.

그러니 아! 결코

내 방이 침울하다거나

내 침대가 비좁다거나

그런 어리석은 말들일랑 마십시오.

누구도 별다른 침대에서

잔 적이 없으니까요.
당신도 잠들려면 딱 이런 침대에서
잠들어야 하니까요.

나의 감질난 영혼은
여기에서 덤덤히 쉬고 있습니다.
장미들을 잊은 채,
도금양과 장미를 좇아
오래도록 안달했던 것을 잊은 채,
혹은 결코 후회하지 않은 채.

지금 나의 영혼은
아주 고요히 누워
내 주변으로 그 꽃들보다 더 성스러운
팬지꽃 향기가 있다고 상상합니다.
로즈메리 향이
팬지 향과 뒤섞이고,
운향풀 향과 그 아름다운
퓨리턴팬지의 향이 뒤섞입니다.

그렇게 나의 영혼은
행복하게 누워 애니의 진실과
애니의 아름다움에 대한
수많은 꿈에 멱을 감습니다.
넘실대는 애니의 머릿단 안에
온통 잠긴 채로.

그녀는 내게 부드럽게 입 맞추었고
그녀는 다정하게 애무했습니다.
나는 스르르 그녀의 가슴 위에서
잠에 빠져들었습니다.
천국 같은 그녀의 가슴에서
깊은 잠으로 빠져들었습니다.

빛이 꺼졌을 때
그녀는 나를 따뜻이 덮어주었고
천사들에게 기도했습니다
내가 무사하도록 지켜달라고,
천사들의 여왕에게
내가 무사하도록 보호해달라고.

그래서 지금 나는 침상에서
(그녀의 사랑을 느끼면서)
너무도 차분히 누워 있기에
당신은 내가 죽었다고 생각하는 겁니다.
나는 지금 나의 침대에서
(내 가슴에 깃든 그녀의 사랑과 함께)
너무도 흡족하게 쉬고 있기에
당신은 내가 죽었다고 생각하는 겁니다.
그래서 당신은 나를 보고는
내가 죽었다고 몸서리를 치는 겁니다.

그러나 나의 마음은
하늘의 수많은 별들을
다 합친 것보다 더 밝습니다.
내 마음은
애니로 반짝이기 때문입니다,
나의 애니의 사랑의 빛으로,
나의 애니의 눈빛을 떠올리며
달아오르기 때문입니다.

——에게[14]

나 그대의 마음에 군림하지 않겠소.

아 슬프다! 나는 내 마음도 지배하지 못하지만

내 마음 홀로 통치해야 하는 자로부터

충성스러운 한 가지 생각을 빼앗지도 않겠소.

우리 둘 다 각자 일생의 사랑을 만났고

그 사랑 속에 우리 지친 영혼을 쉴 수 있으니

나의 온화한 친구여, 그래도 우리 어쩌면 서로에게

두 번째로 중요한 존재는 될 수 있지 않을까요?

정열로부터 자유로울 사랑,

달콤한 만큼이나 순수한 애정,

형제와 친구와 사촌과도 같은

---

[14] 1845년 잡지에 처음 실릴 때 포의 이름으로 발표되지 않았으나 포의 시로 추정되는 시이다. 당대의 여성 시인 프랜시스 S. 오스굿과의 문학적 로맨스가 담긴 시 중 하나로 추정되며, 오스굿이 1845년 '바이올렛 베인'이라는 필명으로 발표한 시에 대한 포의 화답시로 볼 때 서로 내용이 맞아 떨어진다.

가장 소중한 결속들이 합쳐진 듯한 유대.

내가 마음에 그리는 결합은 그러한 것이니

그런 식으로 우리는 아마 두 배로 축복받을 것이오,

우리는 각자 우리의 지고한 마음을 지배하는 사랑과

두 번째 중요한 존재의 우정을 가진 셈이 되니까요.

왕권신수설[15]

성스러운 정당성을 가진 유일한 왕은
엘렌 왕이니, 그녀가 나의 왕이시라면
나는 더 이상 자유를 위해 투쟁하지 않고
내 몸의 영광스러운 구속을 달게 받으리.

그녀의 가슴은 상아로 만든 왕좌이어라.
그곳은 절대군주의 덕만이 통치하고
그 가슴에 복속된 어떤 악도
그곳을 다스리는 권력을 제지하러 감히 끼어들지 못하리.

아! 황송하게도 그녀가 나의 운명을 지배하려 하신다면
나는 왕들과 왕권의 위엄을 숭배하고
'왕이, 나의 왕이 하는 일에는
오류가 없다'는 원칙을 평생 믿고 따르리.

---

15   포의 작품이라 추정되는 시로, 1845년 잡지에 'P.'라는 이름으로 발표되었다.

밸런타인 연가[16]

그녀를 위하여 이 시를 쓰네.

레다의 쌍둥이들[17]처럼 환히 빛나는 영롱한 그녀의 눈은

모든 독자가 못 보도록 감싸인 채 이 페이지 안에 둥지를 튼

그녀 자신의 사랑스러운 이름을 발견하리.

행들을 세밀히 살펴보오! 성스러운 보물 하나 담고 있으니

그건 마음에 달고 다녀야만 하는 부적이라오.

시의 리듬을 잘 살펴보오, 그 말들, 그 음절들을!

가장 사소한 점도 잊지 마오, 안 그러면 헛수고할 터이니!

그러나 전체의 플롯만 이해할 수만 있다면

기마병의 칼 없이는 풀 수 없을

고르디우스의 매듭 따윈 이 안에 없소.

---

16 당대의 여성 시인 프랜시스 S. 오스굿에게 헌정하는 밸런타인데이를 위한 시로, 초기 원고에는 〈밸런타인데이 이브, 1846〉이라는 제목이 붙어 있었다. 숨은 글자가 들어 있는 일종의 수수께끼 시여서, 원문에 오스굿의 이름인 'Frances Sargent Osgood'이 숨겨져 있다.

17 그리스 신화에서 레다의 쌍둥이 자녀인 카스토르와 폴룩스는 별이 되어 쌍둥이자리를 이룬다.

영혼을 밝혀주는 눈이 지금 살피는 이 종잇장에는

감지되지 않는 세 개의 감명 깊은 단어가 놓여 있소.

그것은 어느 시인의 이름이기도 해서

시인들이 모인 자리에서 다른 시인들의 입에

회자되는 것을 종종 듣게 된다오.

그 이름의 철자들은 비록 기사 페르낭 멘데스 핀투처럼

천연덕스럽게 여기에 놓여 속이지만[18]

여전히 진리와 동의어를 이루고 있다오. 그만하시오!

당신은 그 수수께끼를 읽어내지 못할 것이오,

비록 당신이 할 수 있는 최선을 다한다 해도.

18　페르낭 멘데스 핀투는 16세기 포르투갈의 선원으로 20여 년간 인도와 남중국해에서 활동한 인물이다. 포르투갈로 돌아와 여행기 《편력기》를 썼으나, 과장이 심해 논란의 여지가 많았다.

M. L. S.에게[19]

그대의 존재를 아침처럼 반기는 모든 사람들 중에서,
그대의 부재를 밤으로 여겨, 마치 높은 하늘에서
성스러운 태양이 완전히 가려진 것으로 느끼는 모든 사람들 중에서,
슬피 울며 매시간마다 그대를 축복함으로써 삶의 희망을 구하는
아 무엇보다도 그럼으로써, 진실, 가치, 인간성에 대한
깊이 파묻혀버린 믿음의 소생을 구하는 모든 사람들 중에서,
절망에 빠져 신앙 없는 침상에서 죽어가다가도
"빛이 있으라!" 부드럽게 되뇌는 그대의 말에,
천사같이 거룩한 그대 시선 반짝이는 곳에서
그대로 이루어지는 그대의 부드러운 말에
벌떡 일어나는 모든 사람들 중에서,
그대에게 가장 많은 신세를 져 그 감사의 마음이

---

19 마리 루이스 슈에게 헌정된 시이다. 슈는 포의 아내 버지니아가 죽기 직전에 간병을 해준 사람이고, 버지니아가 죽은 후에 병이 든 포까지 돌보아주었다. 이 시는 버지니아가 죽고 난 직후에 포가 깊은 감사의 마음을 담아 쓴 것으로 보인다.

거의 숭배에 가까워진 모든 사람들 중에서,

오 그중 가장 진실된 자, 그대를 가장

열렬히 숭배하는 자를 기억해주십시오.

또한 그가 이 보잘것없는 시를 썼다는 것을 생각해주십시오.

그가 자신의 영혼이 한 천사의 영혼과 교통한다는 생각에

전율을 느끼며 이 시를 썼다는 것을요.

――에게[20]

이 시를 쓴 시인은 얼마 전,

지성에 대한 미친 자만심으로 "말의 힘"을 주장했습니다.

인간의 혀로 하는 말을 넘어선 생각이

인간의 두뇌에 떠오른 적 없다고 부정하였지요.

그런데 지금, 마치 그 허세를 조롱하듯 두 개의 단어가,

두 개의 이국적이고 부드러운 이음절어가,

꿈꾸는 천사들이 "헤르몬 언덕 위로 진주 사슬같이

매달린"[21] 달빛 어린 이슬들 맞으며

중얼거리기만 하도록 만들어진 그 이탈리아풍의 음조가,

이 시인의 마음의 심연에 있는,

생각이 아닌 것 같은 생각들―생각의 혼魂들을

---

20 마리 루이스 슈에게 헌정한 또 다른 시로 간주된다. 루이스에게 직접 준 시 원고에는 제목이 〈마리 루이스에게〉로 되어 있고, 1848년 잡지에 발표한 원고에는 〈――에게〉로 되어 있으며 서로 행의 길이와 내용에 약간 차이가 있다. 어느 쪽이 먼저 쓰였는지는 확실하지 않다. 여기서는 후자, 즉 출판된 시를 번역했다.

21 16세기 영국 시인 조지 필George Peele의 장시 《다비드와 밧세바》의 일부이다.

휘저어 일어나게 해버렸습니다. "신의 창조물 중 가장
아름다운 목소리"[22]를 지닌 하프 연주자인 천사 이스라펠조차도
그저 표현할 수 있기만 바랄 뿐인, 훨씬 더 풍부하고,
더 격렬하고, 더 성스러운 환상들을
휘저어 일어나게 해버렸습니다. 그리하여 나는!
내가 한 말의 주술은 깨어져버렸습니다.
손에서 펜이 힘없이 떨어집니다.
그대의 이름을 주제로 삼으면, 그대가 청한 글이어도,
나는 쓸 수도, 말할 수도, 생각할 수도 없습니다.
나는 아 슬퍼라, 느낄 수도 없습니다, 이건 느낌이 아니기에.
이건 마치 내가 활짝 열린 꿈의 출입구, 그 황금 문지방에 서서,
미동도 않고 도취되어, 죽 이어진 아름다운 전망을
바라보는 것입니다. 보랏빛 증기 속 그 길을 따라
시선이 오른쪽으로, 왼쪽으로, 저 멀리 전망 끝나는 데까지
바라보는 내내 전율을 느끼는 것입니다,
오로지 그대만이 보이기에!

22　《코란》의 일부로, 포의 시 〈이스라펠〉의 제사題辭로도 인용되었다.

종들

I

썰매들이 내는 종소리를 들어보라

은종들의 소리를!

저 종들의 멜로디는 얼마나 즐거운 세상을 예언하는지!

얼음처럼 차가운 밤공기 속에서

그들은 얼마나 짤랑 짤랑 짤랑이는지!

온 하늘에 흩뿌려진 별들도

수정같이 투명한 기쁨으로

반짝반짝거리는 듯하네

박자, 박자, 박자를 맞추어,

일종의 룬 문자[23]의 운율에 맞추어,

멋지게 음악적으로 샘솟는

딸랑 딸랑 짤랑 짤랑 종소리에 맞추어,

23　고대 유럽의 초기 알파벳으로, 주로 주술이나 점을 치는 데 사용되었다.

종들, 종들, 종들, 종들로부터
종들, 종들, 종들로부터 샘솟는 짤랑 딸랑 울림에 맞추어.

II

저 달콤한 결혼식 종소리를 들어보라
황금의 종들!
저 하모니가 얼마나 행복한 세상을 예고하는지!
향기로운 밤공기 속으로
종들은 얼마나 기쁨을 울려대는지!
황금으로 녹아내리는 음색이
멋진 화음을 이루어
얼마나 낭랑한 소곡小曲으로 흐르는지.
달을 보고 끼륵끼륵 노래하는
멧비둘기도 귀 기울이네!
오, 소리가 시작되는
종들의 작은 방들로부터 얼마나 펑펑 기분 좋은 화음이
쏟아져 나오는지! 그 화음이 얼마나
점점 커져가는지! 그 화음이 얼마나

미래를 떠올리게 하는지, 그 화음이 얼마나

황홀한 기쁨을 이야기하는지!

종들, 종들, 종들의

율동과 울림으로 차오르는,

종들, 종들, 종들, 종들

종들, 종들, 종들의

그 종들의 운율과 짤랑거림으로 차오르는 황홀한 기쁨을!

III

저 요란한 경종 소리를 들어보라

청동의 종들!

지금 저 종들의 소란은 얼마나 무서운 이야기를 해주는지!

소스라친 밤의 귀에다 대고

얼마나 섬뜩한 공포로 비명을 지르는지!

너무나 공포에 질려 종들은 말도 못 하고

그저 빽 빽 불협화음으로

비명, 비명을 질러대네.

불의 자비에 호소하는 아우성으로

귀먹은 광란의 불길을 미친 듯이 타이르며

펄쩍 펄쩍 펄쩍 더 높이 더 높이

얼굴 창백한 달의 곁에 지금 아니면 절대 못 앉는다는 듯

필사적인 욕망으로

작심하고 안간힘으로 튀어 오르네.

오, 종들, 종들, 종들!

그들의 공포가 얼마나

절망에 빠진

이야기를 들려주는지!

그들이 얼마나 요란하게 쨍그렁 부딪히고 으르렁대는지!

쿵쿵대는 공기의 가슴팍에

얼마나 공포를 쏟아내는지!

그래도 귀는 온전히 알 수 있네

저 팅팅 소리로

저 쨍쨍 소리로

위험의 물결이 어떻게 밀려가고 밀려오는지를.

그래, 귀는 분명히 분간하네

저 쩌렁쩌렁 울림으로

저 옥신각신 다툼으로

종들의 분노가 가라앉고 높아지면서

어떻게 위험도 가라앉고 높아지는지를.

그 종들의

그 종들, 종들, 종들, 종들의,

종들, 종들, 종들의

그 종들의 아우성과 쨍그렁 소리로 분간하네.

IV

울리는 조종 소리를 들어보라

쇠로 만든 종들!

저 비가가 얼마나 엄숙한 사유의 세계를 강요하는지!

밤의 침묵 속에서

저 음조가 전해주는 우울한 의미에

우리는 얼마나 놀라고 두려워 떨게 되는지!

종들의 녹슨 목구멍에서 나와 떠도는 모든 소리는

신음 소리이기에.

그리고 저 사람들, 아, 저 사람들,

저 위 교회 첨탑 안에

오롯이 홀로 거주하는 저들은,

그 낮고 단조로운 음을

댕 댕 댕 울리며

그렇게 인간의 가슴팍으로 돌을 던져 굴리며

의기양양 대단한 체하는 그들은

남자도 여자도 아니고

짐승도 사람도 아니고

그들은 악귀들이어라.

조종을 치는 것은 그들의 왕이어라.

그는 종을 울리고, 울리고, 울리고, 울리네

종소리로 만든 승리의 찬가를!

그의 즐거운 가슴이

종소리의 찬가로 부풀어 오르네!

그는 춤추고 소리 지르네

박자, 박자, 박자를 맞추어,

일종의 고대 룬 문자의 운율로,

그 종들의

그 종들의 찬가에 맞추어,

박자, 박자, 박자를 맞추어,

일종의 고대 룬 문자의 운율로,

그 종들의 맥박에 맞추어,

그 종들, 종들, 종들의

그 종들의 흐느낌에 맞추어,

박자, 박자, 박자를 맞추어,

그는 조종을 치고, 치고, 치네.

어느 행복한 고대 룬 문자의 운율로,

종들, 종들, 종들의

종들의 둥둥 울림에 맞추어,

종들, 종들, 종들, 종들의

종들의 조종 소리에 맞추어,

종들, 종들, 종들, 종들의

종들, 종들, 종들의

그 종들의 구슬픈 울음과 신음에 맞추어.

헬렌에게[24]

그대를 한 번, 몇 해 전 딱 한 번 보았습니다.
정확히 몇 해 전인지는 말 못 하지만 그리 오래전은 아닙니다.
칠월의 한밤이었지요. 그득 차오른 보름달은
당신의 영혼처럼 솟아오르며
천국으로 올라가는 가파른 길을 찾고 있었습니다.
그 달로부터 은빛 명주 베일 같은 빛이
고요히, 후덥지근하게, 잠결처럼 떨어져 내렸어요
마법에 홀린 정원에서 자라는 장미들 위로,
고개를 위로 젖힌 천 송이 장미들의 얼굴 위로요.
그 정원에선 바람도 발끝으로 걸을 뿐 감히 살랑이지 못했어요.
그 빛은 고개 젖힌 장미들의 얼굴 위로 내려앉았고

---

[24] 〈헬렌에게〉라는 포의 시가 또 있기 때문에 흔히 이 시는 두 편의 동명 시 중 하나로 간주되지만 실제로 이 제목은 포 사후에 출판 편집자가 붙인 것이다. 포는 생전에 이 시의 제목에 특정 이름을 넣지 않았고 이름 세 글자를 암시하는 줄표를 넣어 〈————에게〉라는 제목으로 발표했다. 포는 이 시의 첫 원고를 당대 여성 시인인 세라 헬렌 휘트먼에게 보냈기에 그 세 글자는 그녀의 이름을 암시하는 것으로 알려져 있다.

장미들은 그 사랑의 빛에 대한 보답으로
향기로운 영혼을 발산하며 황홀한 죽음을 죽었어요.
그 빛은 장미들의 고개 젖힌 얼굴들 위로 내려앉았고
장미들은 그대에게 홀려, 그대의 존재라고 하는 시에 홀려
미소 지으며 그 화단에서 죽어갔답니다.

나는 온몸에 흰옷 입은 그대가 바이올렛 핀 언덕에
몸을 기대고 반쯤 누워 있는 것을 보았습니다.
달빛은 고개 젖힌 장미의 얼굴들 위로,
고개 젖힌 그대의, 아, 슬픔에 잠긴 얼굴 위로 내려앉았지요!

그 칠월의 한밤, 그것은 운명이 아니었을까요.
나에게 손짓하여 그 정원의 문 앞에 멈추게 하고
그 잠자는 장미들의 향을 들이마시도록 한 것은
바로 (슬픔이라는 이름의) 운명이 아니었을까요?
발소리 하나 들리지 않고 혐오스런 세상도 다 잠들어 있었어요.
깨어 있는 건 단지 그대와 나 (오 하늘이시여! 오 신이시여!
이 두 단어를 짝짓는 데에 얼마나 나의 심장이 뛰는지!)
단지 그대와 나. 나는 멈추어 서서 바라보았습니다,
그러자 순식간에 모든 것이 사라져버렸습니다.

(아, 이 정원은 마법에 걸려 있었다는 걸 기억하시라.)

진주 같은 달의 광채가 꺼져버렸습니다.

그 이끼 낀 언덕들과 구불구불한 오솔길들,

그 행복한 꽃들, 탄식하는 나무들 모두

더 이상 보이지 않았습니다. 바로 그 장미들의 향기도

그들을 사랑하는 공기의 팔에 안겨 죽어버렸지요.

모두, 모두 시효를 다했고 그대만, 그대의 부분들만 남았습니다.

오직 그대 눈의 성스러운 빛과

그대 고결한 눈에 깃든 영혼만 남았습니다.

나는 오직 그것들만 바라보았습니다, 그것들이 나에게는 세상이었어요.

나는 오직 그것들만, 오직 그것들만 몇 시간이고 바라보았습니다.

달이 기울 때까지 그것들만 보았습니다.

그 수정 같은 천상의 구체에는

얼마나 거친 마음의 역사들이 새겨진 듯했던지요!

슬픔이 얼마나 깊었는지, 그러나 희망은 얼마나 숭고했는지!

자부심의 바다는 얼마나 고요하고 평화로웠는지!

야심은 얼마나 대담하고 깊었는지,

사랑의 능력은 얼마나 깊이를 헤아릴 수 없었는지!

그러나 그때, 결국, 다정한 달의 여신 디아나는

서쪽 천둥 구름 소파 안으로 푹 가라앉아 시야에서 사라져버렸어요.

그리고 그대는, 그대의 유령은, 무덤같이 그대를 덮어버리는 나무들 사이로

정말 미끄러지듯 가버렸어요. 오로지 그대의 눈만 남았지요.

그 눈은 떠나려고 하지 않았어요, 결코 가버리지 않았습니다.

그날 밤 집으로 돌아가는 나의 외로운 길을 비추며

그 눈은 그날 이후 (내 희망들처럼 그렇게는) 나를 떠나지 않았습니다.

그 눈은 나를 따라와 여러 해 동안 나를 이끌어주고 있습니다.

그 눈이 나의 목사라면 나는 그 눈의 노예입니다.

그 눈의 직무는 비추고 불타오르게 하는 것이고

나의 의무는 그 눈의 밝은 빛으로 구원되는 것,

그 눈의 전기 같은 불 속에 정화되는 것,

그 눈의 천국 같은 불로 성스럽게 되는 것입니다.

그 눈은 나의 영혼을 ('희망'이라고 하는) '아름다움'으로 채웁니다.

그리고 그 눈은 저 위 먼 하늘에 있는 별들, 내가 밤에

슬픔 속에 말없이 바라보며 무릎 꿇는 그 별들입니다.

심지어 환한 대낮의 빛 속에서도 나는 여전히

그 눈을 봅니다. 태양에도 빛바래지 않는
두 개의 정답게 반짝이는 샛별을요!

맥주에 대한 시[25]

크림색 호박색 섞어 채우시오.
나 그 잔을 다시 쭉 들이켜리.
그토록 유쾌한 환상들이
나의 뇌 속 방으로 기어오르고
가장 흥취 나는 생각들, 가장 기이한 상상이
활기를 띠었다가 사라져버리네.
시간이 얼마나 지나건 무슨 상관이랴?
오늘 나는 맥주를 마시고 있으니.

---

25   포의 시로 추정되는 시. 포가 강연 차 방문한 적이 있는 매사추세츠 주 로월이라는 도시의 선술집에서 썼다고 전해지고, 그 원고가 오랫동안 그 술집에 걸려 있었다고 한다. 원고는 사라졌지만 그 시를 암송하는 사람의 기억에 의존하여 기록되었고, 제목은 수집자인 매벗이 임의로 붙인 것이다.

엘도라도

눈부시게 차려입은
용맹스러운 기사가
화창한 낮에도 어두운 밤에도
노래를 부르며
기나긴 여행을 했다네
엘도라도를 찾아서.

그러나 그토록 대담했던
기사는 늙어버렸네.
지상 어디에도
엘도라도인가 싶은 곳은
보이지 않자, 그의 심장 위로
그림자 하나 떨어졌다네.

그리고 결국 모든 힘이
바닥났을 때 그는

순례 중인 한 그림자를 만났네
"그림자여" 그는 물었네
"어디에 있을까요
이 엘도라도의 땅은?"

그러자 그림자가 답했네
"저 달이 뜬 산들 너머
그림자의 계곡 아래로
말을 달리시오, 대담하게 달리시오
만약 그대가
엘도라도를 찾으려면!"

어머니께[26]

저 높이 하늘나라에서 천사들이
열렬히 타오르는 사랑의 단어들로 서로서로 속삭일 때
그들이 '어머니'보다 더 경건한 단어를 찾을 수는 없다고 나는 느끼기에
바로 그 소중한 이름으로 나는 오랫동안 당신을 불러왔습니다.
나에게는 어머니 이상이신 당신,
내 마음의 가장 깊은 정수를 채워주시는 분이여,
죽음은 나의 버지니아[27]의 영혼을 자유롭게 풀어주면서
그대를 내 마음에 자리 잡게 하였습니다.
일찍이 돌아가신 나의 어머니, 나의 친어머니는
단지 나만의 어머니에 불과하지만

---

26 어린 시절 포를 돌봐준 숙모이자 훗날 장모가 되는 마리아 클렘에게 헌정된 시이다. 〈어머니께〉와 〈어머니에게 바치는 소네트〉의 서로 다른 두 가지 수정본이 있는데 어느 쪽이 최종본인지는 분명하지 않다. 여기에는 보다 많이 알려진 전자를 번역했다.

27 포의 아내 버지니아는 포와 열세 살 무렵 결혼해서 스물네 살에 병으로 사망했다.

당신은 내가 그토록 깊이 사랑한 이에게도 어머니이기에
내가 알았던 그 어머니보다 더 소중합니다.
나의 아내가 나의 영혼에게는, 내 영혼의 생명보다
더 무한히 소중했던 것만큼이나요.

애너벨 리[28]

아주 오래 오래전 바닷가 어느 왕국에
애너벨 리라는 이름을 가진
당신이 알지도 모를
어느 젊은 여인이 살았습니다.
그녀는 오로지 나와 서로
사랑을 주고받는 일만 생각하며 살았지요.

이 바닷가 왕국에서
나도 그녀도 아이였지만
우리는 사랑보다 더한 사랑을 했답니다.
나와 애너벨 리는
천국의 날개 달린 천사들도 부러워할
그런 사랑을 했답니다.

[28] 이 시는 포의 마지막 수정본이 아니라 맨 처음 원고를 번역했다. 두 원고의 차이는 미미하지만 맨 마지막 행의 청각적인 이미지가 이 시의 처음 형태에 제대로 살아 있기 때문이다.

그런데 바로 그것이 화근이었습니다.
오래전 밤 이 바닷가 왕국에
어느 구름으로부터 바람이 불어와
나의 애너벨 리를 싸늘하게 만들어버렸습니다.
그리하여 그녀의 지체 높은 친척들은
그녀를 내게서 빼앗아 데려가더니
이 바닷가 왕국의 어느
바위 무덤에 가두어버렸습니다.

천국에서 우리의 반도 행복하지 못한 그 천사들이
그녀와 나를 시기했던 겁니다.
그렇습니다! 그것이 이유였지요.
그것이 (이 바닷가 왕국에선 모두가 알고 있듯이)
밤에 그 바람이 구름으로부터 불어와
나의 애너벨 리를 싸늘하게 죽인 이유였지요.

그러나 우리의 사랑은
더 나이 든 이들의 사랑보다 훨씬 더 강했습니다.
더 현명한 많은 이들의 사랑보다 훨씬 더 강했습니다.

그래서 저 위 천국의 천사들도,
저 바다 밑 악마들도, 결코
내 영혼을 아름다운 애너벨 리의 영혼과
갈라놓을 수는 없습니다.

왜냐하면 달빛은 언제나 아름다운 애너벨 리의
꿈을 꾸도록 비추고, 떠오른 별들은 언제나
아름다운 애너벨 리의 빛나는 눈을 느끼게 하니까요.
그래서 나는 밤새 물결이 치는 동안
사랑하는 이 곁에 누워 있습니다.
내 사랑, 내 사랑, 나의 삶, 나의 신부 곁에
이곳 바닷가 그녀의 바위 무덤 안에
출렁이는 소리 나는 바닷가 그녀 무덤 안에.

2

이스라펠

-중기 시들

헬렌에게

헬렌, 그대의 아름다움은 내게
마치 여행에 지쳐 녹초가 된 방랑자를
향기로운 바다 위에 부드럽게 실어
그의 고향으로 데려다주는
오랜 옛날 니케아의 배들과 같습니다.

가차 없는 바다 위로 오래 떠돌던 내게
그대의 히아신스 우거진 듯한 머리칼과
고전미 깃든 얼굴 그리고 나이아스 같은
그대 자태야말로 마음 깊이 사무치는
그리스의 영광이자 로마의 웅장함이었습니다.

보세요! 저기 환히 빛나는 창문 벽감壁龕 안에서
손에 투명한 마노 램프를 들고
당신은 얼마나 조각상처럼 서 있는지요!
아 프시케여, 성스러운

땅으로부터 온 이여!

이스라펠

천사 이스라펠은 심장의 힘줄들이 하나의 류트[29]이고,
신의 창조물 중 가장 아름다운 목소리를 가졌다. _(코란)_

천국에 어느 영이 살고 있으니
"그의 심금은 하나의 류트라네"
누구도 천사 이스라펠처럼
그렇게 야성적으로 노래하지 않고,
들뜬 별들도 모두 (전설에서 말하는 것처럼)
송가를 멈추고 조용히
이스라펠 목소리에 홀린다네.

반해버린 달은
저 위 최고의 환한 정점에서
불안정하게 휘청대며
사랑으로 얼굴을 붉히고,

---

29 기타와 비슷한 모양이지만 몸통이 심장처럼 생긴 악기.

그러는 동안 붉은 번개조차도
(일곱 개의 별로 된
그 빠른 황소자리조차도)
귀 기울이려 '하늘'에서 멈추네.

그리고 그들(반짝이는 별빛 성가대와
귀 기울이는 다른 존재들)이 말하기를,
이스라펠의 불은
그가 앉아서 노래 부를 때 옆에 두는
수금으로부터 나오는 것이라네.
그 신기한 현들의
살아 떨리는 줄로부터.

그러나 천사가 발 디디는 하늘들,
깊은 사유가 의무인 그곳,
사랑의 신이 어른인 그곳,
천상미녀 후어리[30]의 흘끗 보는 시선이 있는 그곳은
우리가 하나의 별에서 숭배할 수 있는

---

30 이슬람교에서 천국에 산다고 믿는 완전한 아름다움을 지닌 미녀.

모든 아름다움으로 물들어 있네.

그러므로 이스라펠,
열정이 없는 노래를 경멸하는 그대가
틀리지 않았어라.
월계관의 영광을 가진 그대,
최고로 지혜롭기에 최고의 음유시인인 그대!
행복하게 만수무강하시라!

천상의 환희는
그대의 타오르는 가락과 어울리고
그대의 슬픔과 기쁨, 미움과 사랑은
그대 류트의 정열과 어울리니
별들이 숨죽이는 것도 놀랄 일이 아니지!

그렇다, 천국은 그대의 것이어라.
그러나 이곳은 즐거움과 고통이 있는 세계.
우리의 꽃들은 그저 꽃들일 뿐이고
우리들의 햇빛은
완벽한 그대 행복의 그림자라네.

내가 만약 이스라펠이 사는 곳에 살고

그가 내가 사는 곳에 살 수 있다면,

그는 어쩌면 그토록 더할 나위 없이 야성적으로

인간의 멜로디를 부르지는 않으리라,

반면 나의 수금은 아마도

이 노래보다 더 대담한 음률을

천국 하늘에 드높이리라.

잠자는 이[31]

유월의 한밤에

나는 신비스러운 달 아래 선다.

이슬 머금은 뿌연 아편 같은 수증기가

달의 황금빛 테두리 밖으로 분무되어

한 방울 한 방울 살포시

고요한 산마루로 떨어져 내려

졸리게 하듯, 음악의 선율처럼

남몰래 우주의 계곡으로 스며든다.

로즈메리는 무덤 위로 고개를 꾸벅거리고

백합은 물결 위로 고개를 늘어뜨린다.

폐허는 자기 가슴 주위로 안개를 두른 채

무너져 내려앉아 안식한다.

보라! 레테 강처럼 보이는 저 호수는

---

[31] 이 시는 1831년 〈이레네Irene〉라는 제목으로 출판되었다가 이후 여러 번 수정되었다. 1841년 처음으로 〈잠자는 이〉로 제목이 바뀌었고, 1849년에는 같은 제목으로 일부 행이 수정되었다. 여기에는 최종 형태로 볼 수 있는 1849년의 시를 번역했다.

의식이 있는 채 선잠을 자는 듯하고

세상을 위해서는 굳이 깨어나려 하지 않는다.

모든 '아름다움'이 잠을 잔다! 보라! 그곳에

이레네가 그녀의 운명의 여신들과 함께 누워 있다!

(그녀의 창은 하늘을 향해 열려 있는 채로)

오, 총명한 여인이여! 이렇게 창이 밤을 향해

열려 있는 것이 옳은 일일까요!

그 장난기 많은 공기들이 나무 꼭대기로부터

웃으며 격자창 사이로 뛰어내리고

그 형체 없는 공기들, 야단법석의 마법사 무리는

선잠 든 그대 영혼을 덮어 감추는

술 장식 달린 닫힌 눈꺼풀[32] 위쪽에서

그대의 창을 획획 들락날락하면서

커튼 윗덮개 장식을 너무나 발작적으로

너무나 무섭게 흔들어대다 보니

그들의 그림자가 마치 유령처럼

---

[32] 원문의 'lid'는 잠들어 있는 여인의 닫힌 눈꺼풀과 관 뚜껑 두 가지의 중의적 의미를 담고 있다.

마루 위로, 벽 아래로, 일어났다 떨어졌다 하는데 말이에요!
오, 사랑스러운 여인이여, 그대는 두려움도 없나요?
이곳에서 왜, 무엇을, 그대는 꿈꾸고 있나요?
분명 그대는 먼먼 바다로부터 왔기에
이 정원의 나무들에게는 경이로운 존재이지요!
신기하기도 해라, 그대의 창백함은! 그대의 옷은!
무엇보다도, 그대의 길게 땋은 머리채는,
그리고 이 모든 엄숙한 고요함은!

그 여인이 잠을 잔다! 오 그녀의 잠이
그렇게 오래 지속되는 잠이니, 그만큼 깊은 잠이 되게 하소서!
하늘이시여 그녀를 하늘의 성스러운 성채의 방에 있게 하소서!
하느님께 기도하나니,
더 성스러운 방으로 바뀐 방에서
더 우울한 침대로 바뀐 침대에서
그녀가 내내 눈뜨지 않고 누워 있게 하소서,
수의에 싸인 그 어스레한 혼령들이 지나가는 동안!

나의 사랑, 그녀가 잠을 잔다! 오 그녀의 잠이
그렇게 지속되는 잠이니, 그만큼 깊은 잠이 되게 하소서!

그녀의 주위로는 벌레들도 부드럽게 기어가도록 하소서!
어둑하고 오래된 숲 속 깊숙한 곳에
그녀를 위해 어느 천장 높은 납골 무덤을 열어두소서.
웅장한 그녀 가족의 장례식들에서 종종
가문의 문장을 수놓은 관 덮개들 위로
그 날개 달린 검은 문짝이
의기양양하게 펄럭이듯 열어젖혀지던 납골 무덤을,
멀리 떨어져 혼자 있는 어느 무덤을,
그 무덤의 문에 그녀가 어린 시절 장난스레
수없이 돌을 던져대곤 했던 그런 무덤을 열어두소서.
아 가엾은 죄의 아이여! 그녀는, 문에서 울려 퍼지는 메아리가
죽은 자들이 문 안에서 내는 신음이라고 오싹해했지만,
더 이상 그녀는 그 문의 메아리를
울려댈 수 없게 되었으니.

불안의 계곡

옛날에 사람들이 살지 않는
고요한 계곡이 미소를 지었다네.
온화한 눈을 한 별들에게 계곡을 맡긴 채
사람들은 전쟁터로 가버렸고
별들은 밤마다 자신의 푸른 탑으로부터
아래 계곡의 꽃들을 지켜보았네.
그 꽃들 한가운데에 하루 종일
붉은 태양빛이 게으르게 누워 있었네.
이제 방문자들마다 이 슬픈 계곡의
불안을 고백하게 되겠지.
그곳에선 그 무엇도 가만히 있지 않는다고,
마법의 고독 위에 내리덮인
공기를 제외하고는 그 무엇도.
아, 안개 낀 헤브리디스 제도 주위의
차가운 바다처럼 떨고 있는 저 나무들은
무슨 바람에 흔들리는 게 아니어라!

아, 무수한 유형의 인간 눈 모양을 하고
그곳에 누운 바이올렛들,
어느 이름 없는 무덤 위에서
물결치며 슬피 우는 백합들,
그들 위로 초조한 하늘을 스치며 아침부터 저녁까지
불안하게 흔들리는 저 구름들은
무슨 바람에 내몰리는 게 아니어라!
백합들은 물결치고, 그들의 향기로운 머리에서
이슬들이 방울방울 영원히 떨어지네.
백합들은 슬피 울고, 그들의 섬세한 줄기에서
눈물이 끝도 없이 보석 모양으로 내려오네.

바닷속 도시

보라! 저 희미한 서쪽 저 깊은 아래
홀로 자리한 이상한 도시에서
죽음이 스스로 권좌에 올랐도다.
선한 자와 악한 자, 최악과 최상이
영원한 안식 속으로 사라져버린 곳.
그곳의 성전, 궁전, 탑들은
우리 세상과는 닮은 것이 없어라.
(세월에 갉아먹힌 탑들은 미세한 흔들림도 없네!)
그 주위로는 바람에 잊혀진,
물결도 일지 않는 우울한 바다가
묵묵히 하늘 아래 누워 있네.

그 도시의 긴 밤 위로는
성스러운 천국의 빛 한 줄기 내려오지 않고
야한 색조의 바다에서 나오는 빛만이
작은 탑들 위로 고요히 흐를 뿐이어라.

그 빛은 멀리 자유로이 첨탑들 위로,
둥근 지붕들 위로, 뾰족탑들 위로, 궁궐의 큰 방들 위로,
신전들 위로, 바빌론[33] 같은 모습의 벽들 위로,
조각된 담쟁이넝쿨과 돌에 새겨진 꽃들이 그늘을 만드는
오래 잊혀진 정자들 위로,
꼭대기 가장자리 화환 띠장식이
제비꽃, 바이올렛, 포도나무 넝쿨과 뒤얽힌
많고도 많은 장엄한 성전들 위로 반짝일 뿐이어라.

저 우울한 바다가 묵묵히
하늘 아래 누워 있네.
그렇게 그곳의 작은 탑들과 그림자들은 뒤섞여
온통 공중에 매달려 있는 것처럼 보이고,
죽음이 거대한 모습으로, 그 도시의 위풍당당한
탑으로부터 내려다보고 있도다.

저기 문 열린 신전들과 입 쩍 벌린 무덤들이

---

[33] 유프라테스 강 연안에 있던 고대 제국 바빌로니아의 수도. 사치와 죄악의 도시를 상징하기도 한다.

반짝이는 파도의 높이에서 하품을 하지만

각 신상의 눈에 박힌 다이아몬드의 부富도

화려한 보석으로 장식된 죽은 자들도

이 바다를 그 침상으로부터 유혹하여 잠 깨우지 못하네.

왜냐하면 아 슬프다! 그 유리의 황무지를 따라

그 어떤 잔물결도 일지 않기에,

어느 먼 곳 더 행복한 바다 위로는

바람이 불고 있을지 모른다고 알려주는

어떤 일렁임도 없기에,

이토록 끔찍하게 고요하지만은 않은 어느 바다 위로는

바람이 불고 있다는 기미를 주는

그 어떤 너울거림도 없기에.

그러나 보라, 공중에 어떤 살랑거림이!

거기에 파도가, 어떤 움직임이 있으니!

마치 탑들이 약간씩 가라앉으면서

그 둔한 조수를 옆으로 밀어젖힌 것처럼,

마치 탑들의 꼭대기가 얇은 막으로 덮인 천국 안에

미약하나마 빈 공간을 만든 것처럼.

이제 파도는 더 붉게 달아오르고

시간은 희미하고 낮게 숨을 쉬고 있네.
그리고 그 어떤 지상의 신음 소리도 없는 가운데
아래로, 아래로 그 도시는 이제 자리 잡으리니.
지옥이 수천 개의 왕좌로부터 몸을 일으켜
이 도시에 경의를 표하리라.

찬가[34]

매장 의식의 조사^{弔詞}는 어떻게 읽게 하리오?
엄숙한 노래는 어떻게 부르게 하리오?
그토록 젊어 죽은 자들 중
가장 사랑스러운 사람을 위한 비가는 어떻게 부르리오?

그녀의 친구들이 그녀를,
그리고 그녀의 현란한 상여를 응시하고 있네.
그리고 그들은 우네! 오, 눈물로
죽은 미인을 모욕하다니!

그들은 그녀의 부 때문에 그녀를 사랑했고
그녀의 자긍심 때문에 그녀를 미워했으면서.
그러나 그녀는 점차 건강이 쇠하였고

---

[34] 이 시는 1831년에 발표되었고, 1836년에는 조금 더 짧은 수정본이 발표되었다. 여기서는 처음 형태를 번역했다. 후기 시 〈르노어〉의 초기 형태이기도 하다.

그들은 지금 그녀를 사랑하네, 이제 그녀가 죽었으니.

그들은 (그녀의 "호화롭게 수놓인
관 덮개 천"에 대해 이야기하다 말고) 내게 말하네
내 목소리가 점점 약해지고 있다고,
내가 전혀 노래 부르고 있지 않다고,

혹은 그토록 엄숙한 노래에 나의 음조를
매우 구슬프게, 구슬프게 맞추어야만 한다고,
그래야 죽은 이는 모든 절차가 하자 없이
제대로 되었다고 느낄 거라고.

그러나 그녀는 젊은 희망을 옆에 데리고
저 위로 가버렸고
나는 죽은 자에 대한 사랑에 취해 있노라
그녀는 나의 신부이니.

향료가 뿌려진 채
거기에 누워 있는 그녀,
눈 위에는 죽음이

머리에는 생명이 있는 그녀.

그래서 나는 그 화려하고 긴 관을 두드리네.[35]
회색의 방들을 통과하여
울려오는 웅얼거림의 메아리가
내 노래의 반주가 되리라.

그대는 그대 생의 유월에 죽었네.
그러나 죽기엔 너무 아름답다거나
죽기에는 너무 이르다거나
너무 고요히 가버린 것 아니라네.

그대[36]의 삶과 사랑은
악마보다 더한 지상의 존재들로부터 분리되어
천국의 옥좌보다 더한 환희에,
그 더럽혀지지 않은 환희에 합류한 것이므로.

---

35 수정본에는 이 연이 빠져 있고, 다음 연은 더 간결하게 되어 있다.
36 수정본에는 '그대'가 '헬렌'으로 바뀌어 있다.

그러므로 이 밤에 나는 그대에게
그 어떤 비가도 올리지 않으리라.
대신 옛 시절의 환희의 찬가에 실어
그대를 공중에 둥둥 날려 보내리라.

낙원에 있는 이에게

사랑이여, 그대는 내게
내 영혼이 갈망한 모든 것이었네.
사랑이여, 그대는 요정의 과실과 꽃이
화환처럼 어우러진, 바다의 어느 푸른 섬,
어느 샘, 하나의 신전이었네.
그리고 그 모든 꽃들은 나의 것이었네.

아, 지속되기에는 너무나 찬란한 꿈이여!
아, 떠올랐다 구름에 뒤덮이고 만
별처럼 반짝이던 희망이여!
미래로부터 들려오는 한 목소리는
"계속 나아가라! 나아가라!" 외치지만
내 영혼은 과거(침침한 수렁!) 위에 떠 있습니다
소리도 움직임도 없이, 사색이 되어!

왜냐하면, 아 슬퍼라! 슬퍼라!

내게는 생명의 빛이 꺼졌기에!
(엄숙한 바다가 해변의 모래에게
이런 말을 하고 있기에)
더 이상, 더 이상, 더 이상
벼락 맞은 나무는 꽃을 피우지 못하리니,
상한 독수리는 날아오르지 못하리니!

나의 모든 날들은 꿈결이고
밤마다 꾸는 내 모든 꿈은
그대 검은 눈의 시선 흘끗 머무는 곳,
그대 발걸음 어슴푸레 빛나는 곳,
영원히 흐르는 어느 시냇물가에서
그 발걸음이 천상의 춤을 추는 곳이어라.

찬송가

마리아여! 당신은 저의 찬송가를
아침에, 정오에, 어스름한 석양에 들으셨나이다!
신의 어머니시여, 즐거울 때나 비통할 때나,
좋을 때나 나쁠 때나 내 옆에 고요히 함께하소서!
'시간'이 환한 빛을 내며 쏜살처럼 날아가고
구름 한 점 하늘을 흐리지 않던 때에
내 영혼이 함부로 길을 벗어나지 않도록, 당신의 은총이
내 영혼을 당신에게로, 당신의 세계로 인도해주었습니다.
이제, 운명의 폭풍우가
나의 현재와 과거를 어둡게 뒤덮었으니
부디 당신과 당신 세계에 대한 감미로운 희망으로
나의 미래를 환히 밝혀주소서!

세레나데

자연이 잠들고 별들이 침묵하는
너무도 달콤한 이 시간, 너무도 평온한 이때
류트 소리로라도 이 고요를 깬다면
절반 이상은 죄가 될 듯합니다.
찬란한 색조로 물든 대양 위에
엘리시움[37]의 환영이 잠잠히 누워 쉬고,
하늘에 황홀히 박힌 일곱 플레이아데스 별이
깊은 바다에 또 다른 일곱 별을 만드네요.
엔디미온[38]도 저 위에서 고개를 끄덕이며
바다에 비친 두 번째 사랑을 보내요.
침침한 갈색의 계곡들 안으로
유령같이 솟은 왕관 모양의 산봉우리 위로
그 지친 빛은 스러져가고,

---

37 그리스 신화에 나오는 낙원으로 선량한 사람들이 죽은 후 사는 곳.
38 그리스 신화에서 달의 여신 셀레네의 사랑을 받은 미소년.

대지와 별과 바다와 하늘은
잠의 기운으로 충만합니다,
나의 아델라인이여, 마치 내가 그대와
그대의 매혹적인 사랑으로 충만한 것처럼요.
그러나 귀 기울여요, 오 귀 기울여요. 그대 연인의 목소리가
오늘 밤 너무도 부드럽고 낮게 흐르리니
그대 영혼은 거의 잠 깨지 않은 채로
나의 말을 꿈의 음악으로 느낄 겁니다.
그렇게 그대의 선잠 안으로 그 어떤 소리 하나도
지나치게 거칠게 들어가지 않으면서
우리의 생각, 우리의 영혼은, 오 하늘에 계신 신이여!
모든 움직임에서 서로 섞일 겁니다, 내 사랑이여.

──에게[39]

더 자오, 더 자오, 한 시간 더 자오.
그토록 고요한 잠 나 깨우지 않으리.
그대 깨어나면 햇빛 비치고 소나기 내리리니
그대 미소 짓고 그대 슬피 울게 되리니.

더 자오, 더 자오, 마치 조각상처럼
그대 모습 당당하고 아름다워라.
분명 치품천사가 날개로 부채를 부쳐주네.
그대의 이마에 부채를 부쳐주네.

우리는 그대를 지상의 아이로 여기지 않으리.
오, 그대 모습은 천사와 같으니!
그대 천국에서 태어났다 여기리.

---

39   포의 시로 추정되는 시. 이 시는 1833년 잡지에 발표되었고 시인의 이름은 '테멀레인'이라고만 되어 있다.

폭풍우 하나 없는 그곳에서.

환하고 완벽한 꽃은 결코 상하지 않는
모든 것이 아름답고 고요한 그곳에서.
어떤 불행도 없는 그런 시간을
황금빛 모래가 기리는 그곳에서.

더 자오, 더 자오, 그대 잠이 어쩌면
무슨 요정 꿈을 엮어내는지도 모르네.
오, 그대 영혼은 평온하고 잔잔한데
깨어나 울어야만 하다니.

콜로세움

고대 로마의 전형! 묻혀버린 수세기 동안의
화려함과 위세가 시간에게 남긴
드높은 사유의 풍요로운 유물이여!
마침내, 마침내, 힘겨운 순례와 타오르는 갈증
(그대 안에 있는 전설의 샘에 대한 갈증)의 숱한 날들을 지나
나는 한 명의 겸손한 사람으로 변화되어
그대의 그림자들 가운데 무릎을 꿇네.
그리하여 그대의 장엄함과 우울과 영광을
내 영혼 안으로 깊이 들이마시네!

광대함이여! 세월이여! 옛 시절의 기억들이여!
침묵이여! 황량함이여! 그리고 침침한 밤이여!
지금 나는 그대를 느끼네, 힘이 넘치는 그대를 느끼네.
아, 어떤 유대의 왕이 겟세마네 동산에서 가르친 것보다
더 확실한 마력이여! 오, 황홀경에 이른 칼데아 사람이
고요한 별들로부터 이끌어낸

그 어떤 힘보다 강력한 매력이여!⁴⁰

여기 한 영웅이 쓰러진 곳에 하나의 기둥이 쓰러지네!
여기 모조 독수리가 황금색으로 찬란히 노려보는 곳에
까무잡잡한 박쥐가 한밤의 불침번을 서네!
여기 로마의 귀부인들이 금빛 장식을 한 머리카락을
바람에 펄럭였던 곳에 지금 갈대와 엉겅퀴가 흔들리네!
여기 황금의 왕좌에 황제가 느긋이 앉았던 곳에
재빠르고 말없는 돌 도마뱀이 마치 유령처럼,
뿔 달린 초승달의 창백한 빛을 받으면서
제 대리석 집 속으로 미끄러지듯 들어가네!

그러나 가만! 이 벽들, 이 담쟁이넝쿨로 뒤덮인 아케이드들,
이 퇴락한 기둥 대좌들, 슬프게도 거뭇해진 이 기둥 몸체들,
기둥 위 희미한 수평대들, 이 무너져 내리는 기둥의 띠장식,
산산이 부서진 처마돌림띠들, 이 파손, 이 잔해,
이 돌들, 아 슬프다! 이 잿빛 돌들, 이게 전부란 말인가.

---

40   고대 바빌로니아 남부 지방의 왕국인 칼데아의 사제들은 뛰어난 점성술가로 알려져 있다.

부식하는 '시간'이 '운명'과 나에게 남긴,

그 명성이 자자하고 거대한 그것의 전부란 말인가?

"전부는 아니지" 메아리들이 나에게 대답하네, "전부는 아니오!

우리들로부터, 모든 유적들로부터 예언의 우렁찬 소리들이 영원히 생겨나

현명한 자들 안으로 들어간다오. 마치 멤논 왕의 선율이

태양에게 전해진 것처럼 말이오.[41]

우리는 가장 힘이 강한 자들의 심장을 지배하오.

우리는 폭군과 같은 지배력으로 모든 거대한 정신을 지배하오.

우리는 허약하지 않소. 우리, 창백한 돌들은 말이오.

모든 위세가 다 가버린 것은 아니오, 모든 명성이 다 사라진 것은 아니오,

우리의 명성 자자한 그 마법이 다 사라진 것은 아니오,

우리를 둘러싼 모든 경이로움이 다 사라진 것은 아니오,

우리 안에 자리한 모든 신비들이 다 사라진 것은 아니오,

주위로 떠다니며 마치 옷처럼 우리에게 달라붙는

---

41 이집트의 테베 근처에 거대한 조각상이 두 개 있는데 그중 더 동쪽에 있는 것을 옛사람들은 멤논(그리스 신화 속 에티오피아의 왕)의 상이라고 생각했으며, 이 거상이 아침 햇살을 받을 때 하프 소리를 냈다고 전해진다.

모든 기억들이 다 사라진 것은 아니오.

영광보다 더한 예복을 우리에게 입혀주는 그 모든 기억들이 말이오."

F. S. O.에게[42]

그대 사랑받고 싶나요? 그러면 그대의 마음이
현재의 오솔길에서 벗어나지 말게 하오!
지금 그대 자신인 모든 것이 되면서
그대 자신이 아닌 그 무엇도 되지 마오.
그러면 그대의 온화함, 그대의 품위,
그리고 그대의 지극한 아름다움이
세상이 끝없이 찬양하는 주제가 될 것이고
그대에 대한 사랑은, 그저 세상의 의무가 될 거예요.

---

42 이 시는 당대의 여성 시인 프랜시스 S. 오스굿에게 헌정한 것으로 시집《까마귀 외 다른 시들》에 수록되었다. 1833년경 쓰인 초기 원고에는 〈엘리자베스에게〉로 되어 있고, 그 이후 헌정 대상에 따라 제목과 내용이 약간씩 바뀐 여러 다른 수정본이 있다.

F에게[43]

사랑하는 이여! 지독한 비탄 그득한

내 속된 삶의 오솔길 한가운데서

(아, 한 송이 외로운 장미조차

자라지 않는 적막한 오솔길에서!)

내 영혼은 그대에 대한 꿈을 꾸며

간신히 위로를 얻습니다. 그 꿈들 안에서

담담한 안식이 있는 에덴동산을 알게 됩니다.

그래서 나에게 그대에 대한 기억이란

마치 풍랑으로 소란한 바다 저 멀리 떠 있는

마법에 걸린 섬과 같답니다.

대양이 멀리까지 폭풍으로 요동치는 동안에도

---

[43] 시집 《까마귀 외 다른 시들》에 실렸으며, 여성 시인 프랜시스 S. 오스굿에게 헌정한 또 다른 시이다. 1835년 처음 잡지에 발표되었을 때는 제목이 〈마리아에게〉였고, 1842년에는 〈떠난 이에게〉로 제목이 수정되어 발표된 바 있다. 세 편은 각각 조금씩 다른 부분이 있다.

그 빛나는 섬 바로 위에는

가장 청명한 하늘이

한결같이 미소 짓고 있답니다.

결혼식 발라드

반지는 내 손에 있고
화환은 내 이마에 있네.
비단과 화려한 보석들 모두
내 맘대로 거느리네.
그래서 나는 지금 행복하네.

게다가 내 낭군인 그는 나를 많이 사랑하네.
그러나 그가 처음 그의 맹세를 속삭이자
내 가슴이 숨차오르는 걸 느꼈네.
그의 말이 마치 조종처럼 울렸고
그 목소리가 마치 전쟁터 계곡 아래 쓰러진
지금은 행복하게 잠든
그이의 목소리 같았기에.

그러나 그는 내게 안심시키는 말을 해주었고
내 창백한 이마에 입을 맞추었네.

그러는 사이 어떤 환상이 내게로 와
나를 교회 묘지로 데리고 갔네.
그러자 나는 내 앞의 그에게
(그를 죽은 델로오미라고 착각하며)
한숨을 쉬며 말했네,
"아, 나는 지금 행복해요!"

그렇게 그 말들이 입에서 나왔고
결혼의 서약도 했네.
나의 약속이 깨어져도
나의 마음이 깨어져도
내가 지금 행복하다는 증표로
여기 반지가 하나 있네.
내가 지금 행복하다는 것을 입증하는
이 황금빛 증표를 보라!

신이 부디 나를 깨워주시기를!
지금 내가 어쩌지 못하는 꿈을 꾸면서
내 영혼이 몹시 떨고 있기에,
사악한 한 걸음이 디뎌질까 두렵기에,

버림받은 죽은 자가 지금 어쩌면

행복하지 않을까 봐 두렵기에.

잔테 섬에게

아름다운 섬이여, 모든 꽃들 중 가장 아름다운 꽃으로부터
최고로 온화한 이름을 취한 그대여![44]
그대와 그대가 가진 모든 것들을 보는 순간
빛나는 시간들에 대한 얼마나 많은 기억들이 깨어나는지!
떠나간 축복들에 대한 얼마나 많은 장면들이 떠오르는지!
무덤에 묻힌 희망들에 대한 얼마나 많은 생각들이 떠오르는지!
더 이상은, 더 이상은 그대의 초록이 뒤덮인 언덕들에 없는
한 젊은 여인에 대한 얼마나 많은 환영들이 깨어나는지!
더 이상! 아아, 모든 것을 변모시키는 슬픈 마법의 말!
그대의 매력은 더 이상은 기쁨을 주지 못하리.
그대의 기억은 더 이상은!
이제부터는 꽃 치장된 그대 해안을 저주받은 땅으로 여기리라.
오 히아신스의 섬이여! 오 자줏빛 잔테 섬이여!

---

44 잔테 섬은 그리스 이오니아해에 있는 자킨토스 섬으로, 19세기 프랑스 작가 프랑수아–르네 드 샤토브리앙은 자신의 여행기 《예루살렘 기행》(1811)에서 히아신스 꽃을 의미하는 '잔테'에서 이 섬 이름이 유래했다고 썼다.

"황금의 섬! 동지중해의 꽃이여!"⁴⁵

---

45 샤토브리앙의 여행기 《예루살렘 기행》에서 인용.

소네트
—침묵

어떤 성질들, 어떤 무형의 것들이 있습니다.
그들은 이중의 생명을 가지고 있어
물질과 빛에서 생겨나고 형체와 그림자로 입증되는
쌍둥이체의 한 유형이지요.
두 개의 겹을 가진 침묵이 있습니다,
바다와 기슭, 몸과 영혼처럼 말이지요.
그중 하나는 풀들이 온통 새로 우거진 외로운 장소들에 살지요.
엄숙한 영광들, 인간의 기억들, 눈물겨운 전설이 그를
두려워할 필요 없는 존재로 만들지요. 그의 이름은 '더는 존재하지 않음'이고,
그는 형체가 있는 '침묵'이니, 그를 두려워하지 마십시오!
그는 자기 안에 어떤 악한 힘도 갖고 있지 않으니 말입니다.
그러나 만약 어느 긴급한 운명이 (때 이른 운명이!)
(인간이 발 디딘 적 없는 고립된 지역들에 출몰하는
이름 없는 작은 요정인) 그의 그림자와 마주치게 만든다면
그대 자신을 신에게 맡기십시오!

유령이 사는 궁전[46]

옛날 착한 천사들이 깃들어 사는
우리 계곡들 중 가장 푸르른 곳에
아름답고 웅장한 궁전, 빛나는 궁전이
머리를 반듯이 세웠다네.
그곳의 군주 '생각'이 다스리는 영토, 거기에
그 궁전이 서 있었다네!
그 절반만이라도 아름다운 구조 위로
천사가 날개 펼친 적은 없었네!

궁전 지붕 위 노란 깃발들은
영광의 황금빛으로 둥둥 떠 흘렀고
(이것은, 이 모든 것은
오래전 옛날의 일이라네)

---

46 1839년 발표된 시로, 같은 해 자신의 단편 〈어셔가의 몰락〉에도 수록했다. 크게 다르지 않은 여러 개의 수정본들이 있으며, 시집 《까마귀 외 다른 시들》에 다시 수록되었다.

그 달콤했던 시절
나른히 희롱하던 부드러운 공기는 모두
깃털 달린 창백한 성벽을 따라
향기로운 날개 저어 날아가버렸네.

방랑자들은 이 행복한 계곡을 지나며
빛나는 두 개의 창을 통해 보았다네,
왕좌의 주위로 요정들이
잘 조율된 류트 가락에 맞춰
음악적으로 움직이는 것을.
그 왕국의 통치자 폴피로진[47]이!
자신의 영광에 맞는 당당한 모습으로
왕좌에 앉아 있는 것을.

그리고 그 아름다운 궁전의 문은
진주와 루비의 광채로 온통 빛났고
한 무리의 메아리가 그 문을 통해
불꽃을 반짝이며 끝도 없이 흘러,

---

47 왕족이나 귀족의 고귀한 신분으로 태어난 것을 의미하는 이름.

흘러, 흘러나오고 있었다네.
그 메아리들의 기쁜 의무는 오로지
비할 데 없이 아름다운 목소리로
왕의 재치와 지혜를 노래하는 것.

그러나 슬픔의 관복을 차려입은 사악한 것들이
군주의 높은 존엄을 집요히 공격했으니
(아, 애도할지어다! 비참한 그에게
내일은 밝아오지 않으리!)
그의 터전 주위로 붉게 꽃피웠던 영광은
한낱 무덤에 묻힌 옛 시대의,
희미하게 떠오르는
이야기일 뿐이라네.

그리하여 이제 그 계곡의 여행자들은
붉게 불 밝혀진 창문을 통하여 본다네,
엄청나게 큰 형체들이 불협화음의 멜로디에 맞추어
광적으로 움직이는 것을.
그 창백한 문을 통하여 소름 끼치는 한 무리가
무시무시하게 빠른 강물처럼

끝도 없이 세차게 몰려 나와 소리 내어 웃는 것을.
더 이상 미소 짓지는 않는 것을.

3

테멀레인
-초기 시들

테멀레인[48]

죽어가는 시간에 얻는 친절한 위안!
그런 것은, 신부님, (지금은) 나의 주제가 아니라오.
이 세상 것이 아닌 듯한 자긍심으로 향유했던 내 죄를 고백하면
지상의 힘이 보속을 해주리라는 미친 생각은
나는 하지 않을 거요.
나는 노망 부릴 시간도 꿈꿀 시간도 없소.
당신이 희망이라 부르는 그 불 속의 불!
그건 그저 욕망이 만들어낸 고통에 불과하오.
만약 내가 희망을 가질 수 있다면, 오 신이여! 그럴 수 있다 해도
내 고통의 원천은 희망보다 더 성스럽고 신성한 것이오.
늙은이여, 나는 그대를 어리석다 부르지는 않겠소만

---

48 포의 첫 시집 《테멀레인 외 다른 시들》 서문에 의하면 이 시는 포가 열네 살이 채 되기 전에 쓴 것이다. 발표 후 여러 번 수정되었으며, 여기서는 1831년의 마지막 수정본을 번역했다. 이 시는 티무르 제국을 세운 몽골의 왕 티무르에 관한 이야기로, 테멀레인(서구에서 통용되는 티무르의 명칭)이 임종 때 신부에게 마지막 고해를 하는 극적 독백이라고 할 수 있다. 역사적으로 테멀레인은 가톨릭보다 이슬람이었을 가능성이 높으나 포는 역사적 사실을 일정 정도 변형했다.

그러한 희망은 그대가 줄 수 있는 은총은 아니지요.

제멋대로 오만을 부리다 수치로 몸을 엎드린
한 영혼의 비밀을 들으시오.
오 갈망하는 심장이여! 나는 그대의 혹독한 운명을
명성과 함께 물려받았소.
내 왕좌의 보석 가운데에서 빛났던
그 뜨거운 영광, 지옥의 후광!
그리고 고통과 함께 말이오.
지옥이 나를 다시 두렵게 하지는 못할 것이오.
오, 져버린 그 꽃들을, 그리고
나의 여름 한창때의 햇빛을 열망하는 심장이여!
죽어 있는 시간의 그 죽지 않는 목소리는
주문에 걸린 영혼 안에서
끝없는 종소리로 그대의 공허함을
울리는구나―조종을.

나는 늘 지금과 같았던 것은 아니라오.
나는 내 이마 위로 뜨겁게 달아오른 왕관을 주장했고
찬탈하여 그것을 얻었소.

동일하게 타고난 치열한 운명의 유산이
로마를 카이사르에게 주지 않았소?
이 왕관을 나에게 준 것처럼 말이오.
의기양양하게 인류와 투쟁하는 왕다운 정신과
자긍심에 찬 정신이라는 유산 말이오.

산의 흙을 밟으며 나는 생을 처음 시작하였소.
태글래이 산의 안개는
밤마다 이슬을 내 머리 위에 흩뿌렸고
그 저돌적인 공기가 불러일으키는
날개를 단 투쟁과 소란이
바로 나의 머리카락에 둥지를 틀었던 것 같소.

그러던 시절, 천국으로부터 그 이슬, 그것이
(어느 불경한 밤의 꿈들 가운데)
지옥의 기운을 띠고 나에게 떨어져 내렸소.
깃발처럼 매달려 있는 구름들로부터 나오는
그 빛의 붉은 번쩍임은
반쯤 감긴 나의 눈에는
군주의 그 화려한 의식처럼 보였다오.

그리고 천둥같이 깊고 큰 그 트럼펫의 울림이
황급히 내게로 와 인간의 전투에 대해 말해주었소.
전장에서 나의 목소리, 나 자신의 목소리가
점점 커지고 있었소—어리석은 아이였던 나!
(오, 그 외침 소리에 나의 정신이 얼마나 즐거워했고
얼마나 마음속으로 뛸 듯이 흥분했던지)
전장에서의 그 '승리'의 외침 말이오!

가리지 않은 내 머리 위로 비가 내렸소.
그리고 그 묵직한 바람은
나를 미치게 귀먹게 눈멀게 만들었소.
나는 그 비바람을 그저 내게 월계관을 내려주는
사람이라 여겼다오. 그 쌀쌀한 공기의 맹렬한 흐름,
그 급물살은 나의 귀 안에서 콸콸 소리를 울려대며
제국들의 파괴에 대해 말해주었소.
포로의 기도, 구애자의 콧노래, 그리고
왕좌 주위에서 아첨하는 목소리가 들렸소.

그 불운한 때 시작된 나의 열정은
폭군의 자리를 찬탈했고, 사람들은 내가 권력을 잡으니

폭군이 나의 타고난 천성이라 여겼소—그렇다 칩시다.
그러나 신부님, 그 당시 한 사람이 있었다오,
나의 소년 시절, 그때에 말이오—내 열정의 불길이
(열정은 젊음과 함께 소진되어야 하므로)
한층 더 강렬한 빛으로 불타고 있었을 당시에
그때에 이미, 이 강철같이 단단한 마음 안에
여성의 연약함과도 같은 부분이 있다는 걸
아는 한 사람이 있었다오.

아 슬프다! 나는 많이 사랑하는 마음의 아름다움을
표현할 말을 알지 못했지요!
나는 한 얼굴이 가진 그 지고의 아름다움을
기억으로 그려보려고 시도하지도 못할 거요.
그 생김새는 내 마음속에서
불안정한 바람을 타고 얼른거리는 그림자들이오.
그래서 나는 옛 시절 장면의 어느 페이지를
정처 없이 헤매는 눈으로
계속 떠올려보았던 것이 기억나오.
그 페이지의 글자들은 그 의미와 함께 다 녹아버려
무의미한 환상이 된다고 느낄 때까지 계속 말이오.

오, 그녀는 모든 사랑을 받을 가치가 있었으니!
유년 시절에 내가 품은 그런 사랑, 그것은
천국에 있는 천사의 마음도 부러워할지 모르는
그런 사랑이었고, 그녀의 젊은 심장은
내 모든 희망과 생각이 분향되는 성소였소.
당시 그것들은 훌륭한 분향 제물이었다오.
왜냐하면 내 희망과 생각은 유치하면서도 올발랐고
그녀의 어린 본보기가 가르쳐준 대로 순수하였기에.
왜 내가 그 성소를 떠났던가, 그러고는 떠돌아다니면서
빛을 얻고자 왜 그 내면의 불에 의지했던가?

숲 속과 그 황야를 돌아다니면서
우리는 함께 성장했고 우리의 사랑도 함께 자랐다오.
나의 가슴은 겨울 날씨에 그녀의 방패가 되었고
친근한 태양빛이 미소 지을 때나
그녀가 열리는 하늘을 지켜볼 때
나는 오로지 그녀의 눈 속에서만 천국을 보았소.

어린 사랑의 첫 번째 교훈은 마음이오.

왜냐하면 내가 그 태양빛과 미소들 가운데

우리의 작은 걱정들을 멀리 제쳐두고

그녀의 소녀다운 책략들에 웃으면서

그녀의 고동치는 가슴으로 달려가

눈물 속에 내 영혼을 쏟아내곤 했을 때

그 나머지는 말할 필요도 없었기 때문이오.

그녀의 어떤 두려움도 진정시킬 필요가 없었고

그녀는 이유도 묻지 않고 그 고요한 눈을

나에게로 돌렸기 때문이오!

그러나 그녀는 그 사랑을 받을 만한 존재 이상이었소.

산꼭대기에서 야망이 홀로

나의 정신을 새로운 음조로 차지해버렸을 때

나는 그 사랑과 갈등하고 투쟁했지만,

그대 안에서 말고는 나는 삶을 갖지 못했던 것이기에.

세상과 세상이 품은 모든 것들

대지에, 공중에, 바다에 있는 것들―세상의 즐거움―

새로운 즐거움이 된 얼마간의 세상 고통―

밤이면 희미하게 나타나는

그 상상 속 꿈의 허영들―

현실이면서도 그보다 더 희미한 것도 없을 그런 것들—
(그림자들, 그리고 더 그림자같이 희미한 빛!)
그 모든 것들은 안개 자욱한 날개로 날며 분리되어버렸기에,
그렇게 혼돈 속에서, 그대의 이미지와
하나의 이름, 하나의 이름이 되었기에!
두 개의 분리된, 그러나 가장 친밀한 것들이 되어버렸기에.

나는 야망에 차 있었소. 신부님, 당신은
그런 정열을 품은 적이 있소? 당신은 그런 적 없겠지요.
어느 시골집에서 살았던 나는
세상 절반의 왕좌를 온통 나의 것이라고 점찍고는
그토록 미천한 내 운명에 불평했다오.
그러나 만약 그 순간, 그때, 그날 내내
내 꿈에 동반된 그 아름다움의 빛이 아니었다면
여느 다른 꿈처럼 나의 꿈도
이슬의 증기에 실려 스쳐 지나가버렸을지 모른다오.
그 빛이 이중의 아름다움으로 나의 정신을
내리누르지 않았더라면 말이오.

우리는 왕관처럼 높이 솟은

산꼭대기를 함께 걸었소.

당당한 천연의 바위 탑들과 숲으로부터

멀리 저 아래 언덕을 내려다보면서 말이오.

점점 작아지는 언덕들! 나무 그늘에 에워싸여

그 언덕의 수천 개 개울들이 소리쳤다오.

나는 그녀에게 권력과 자긍심에 대해 이야기했소.

그저 신비스럽게 말이지요. 그렇게 위장을 했기에

그녀가 그저 순간의 대화라고만 여길

그런 방식으로 말이오.

그녀의 눈 속에서 나는

아마도 지나치게 부주의하게,

나 자신의 감정과 뒤섞인 감정을 읽었소.

내게는 그녀의 환한 뺨 위의 홍조가

황야에 홀로 있는 빛이 되도록 내버려두기에는 너무도

여왕의 왕좌에 잘 어울리는 듯이 보였다오.

그때 나는 나 자신을 영광으로 감싸며

환상 속에서 왕관을 썼던 것이오.

그러나 그건 환상이 내 위로

망토를 던졌기 때문은 아니오.

그건 사자 같은 야망이 족쇄가 채워진 채

그 오합지졸 군중 가운데

조련사의 손에 몸을 굽혀야 하는 데 대한 반감 때문이었소.

장엄한 것, 야성적인 것, 무시무시한 것들이

자기들만의 호흡으로 공모하여 야망의 불길에 부채질을 하는

사막들에선 그런 비굴함이 없는데 말이오.

지금 사마르칸트[49] 위에서 당신 주변을 둘러보시오!

이 도시가 대지의 여왕이지 않소? 그녀의 자부심이

모든 도시들 위에 군림하고 있지 않소?

다른 도시들의 운명이 그녀의 손에 있지 않소?

그 밖에도 세상이 알고 있는 모든 영광 안에

그녀가 고귀하게 홀로 서 있지 않소?

설사 몰락한다 해도 그녀의 그 더할 나위 없는 디딤돌은

왕좌의 받침대를 형성할 것이오.

그리고 누가 그녀의 왕이겠소? 티무르요.

그 깜짝 놀란 사람들이 그가

---

49 중앙아시아 최고(最古) 도시의 하나로, 14세기 티무르 왕조의 수도였다.

제국들을 통치하며 거만하게 걸어 다니는 것을 보았소.
왕관을 얻은 무법자를 말이오!

오, 인간의 사랑이여! 우리가 천국에 바라는
모든 것을 가진 채, 지상의 우리에게 온 정령이여!
그대는 시로코[50] 열풍에 시들어가는 평원에서
비처럼 영혼 안으로 떨어지지만
그대의 축복하는 힘이 다하면
마음을 황야의 상태로 내버려두지요!
그토록 낯선 소리를 내는 음악과
그토록 격렬하게 탄생하는 아름다움으로
우리 삶을 감싸는 관념이여,
잘 가시오! 나는 대지를 얻었으니!

희망이라고 하는, 높이 치솟아 오른 독수리가
하늘에서 자기 위로 어떤 절벽도 보지 못했을 때
그의 깃털은 지쳐 늘어져 구부러졌소.
그리고 부드러워진 눈은 집을 향했다오.

[50] 사하라 사막에서 지중해 연안으로 불어오는 뜨거운 바람.

석양 때였소. 태양이 떠나려 하는 때인데도
여전히 여름 태양의 영광을 보고픈 자에게는
울적함이 찾아오지요.
그토록 자주 아름다운 모습이 되는 저녁 안개를
그 영혼은 증오하게 된다오.
그리고 (귀 기울이는 영혼들에게는 들리는)
그 다가오는 어둠의 소리를 듣게 된다오.
임박한 위험으로부터 날아가고자 하나
그럴 수 없는 꿈에
밤중에 시달리면서 말이오.

달이, 하얀 달이
그녀 최고의 모든 광채를 발산한다 해도
그 적막한 시간에 그녀의 미소는 싸늘하고
그녀의 빛은 마치 갓 죽은 자를 그린
(살았을 때랑 너무 똑같아 당신이 숨을 들이쉴)
초상화처럼 보일 거요.
그리고 소년 시절이란 하나의 여름 태양이라서
그것이 기우는 것은 가장 쓸쓸한 상실이지요.
우리가 알기 위해 살았던 모든 것은 이미 알게 되었고

우리가 간직하려고 추구한 모든 것은 흘러가버렸으니 말이오.
그러면, 하루살이 꽃처럼 삶이 지도록 내버려두면 그뿐,
한낮의 아름다움을 품고 떨어지도록 하면 그뿐이오.

나는 더 이상 내 집이 아닌 집에 돌아왔소.
이곳을 내게 집이도록 만든 모든 이들이 사라져버렸기에.
내가 그 이끼 낀 문밖으로 지나가자
나의 발걸음이 부드럽고 나직했음에도
내가 일찍이 알았던 이의 목소리가
문지방의 돌에서 흘러나왔다오.
오, 지옥이여, 나는 그대가 저 아래 타오르는
불의 침대들 위에서 이보다 더 소박한 마음을 보여주는 걸
거부하노라, 이보다 더 깊은 슬픔을.

신부님, 나는 굳게 믿고 있고, 나는 알고 있소.
저 멀리 기만이라고는 없는
축복받은 자들의 영역으로부터
죽음이 나를 위해 찾아와서
자신의 철문을 약간 열어놓았다는 것을 말이오.
그리고 당신은 보지 못하는 진실의 광선이

영원 속으로 번쩍이고 있다는 걸 나는 믿소.

나는 악마 에블리스[51]가 모든 인간의 오솔길에

덫을 놓았다고 믿소이다.

그렇지 않다면 어찌 그렇게 되었겠소?

사랑의 신은 가장 오염되지 않은 것에서 나온

분향 제물들의 향으로 매일같이

눈처럼 흰 자기 날개를 축성하고,

그의 즐거운 나무 그늘 정자는

저 위에서 격자 시렁 통과하며 여러 빛줄기들로 갈라진

천국에서 내려온 빛으로 차 있어서

어떤 티끌도, 가장 작은 파리조차도

사랑의 신의 날카로운 시력의 환한 빛을 피할 수 없는데,

어떻게 야망은, 그 신성한 사랑의 신의 수풀을 내가 돌아다닐 때

그 축제의 한가운데에 보이지 않게 기어 들어가

마침내 대담하게도 사랑의 신의 엉클어진 머리카락

바로 그 안에서 웃고 날뛰게 되었단 말이오?

---

51 이슬람교에서 기독교의 사탄에 준하는 존재.

노래

그대 결혼식 날 나 그대를 보았지요.
불타는 듯 온통 얼굴을 붉히는 그대
행복이 그대를 둘러싸고, 그대 앞에 놓인 세상이
온통 사랑이었음에도 말이지요.

그대의 눈 안에서 불붙고 있는 빛은
(그것이 무엇이었건 간에)
내 고통스러운 시력이 볼 수 있는
지상의 아름다움의 전부였어요.

그 홍조는 어쩌면 처녀다운 수줍음이라고
그렇게 보아 넘기기로 하지요.
그 빛나는 홍조가, 아 슬퍼라! 그의 가슴에
더 격렬한 불꽃을 일으키겠지만요.

그대 결혼식 날 그는 그대를 보았지요.

줄곧 짙은 홍조로 뒤덮이고 마는 그대 얼굴.
행복이 그대를 둘러싸고, 그대 앞에 놓인 세상이
온통 사랑이었음에도 말이지요.

꿈들

오! 나의 젊은 날이 영속하는 꿈이었으면!
어느 '영원'의 광선이 아침을 데려올 때까지
나의 영혼이 잠 깨어나지 않았으면.
그래! 아름다운 지상에 태어나면서부터
마음이 혼돈에 찬 깊은 열정이었고
지금도 여전히 그러한 자에게는
비록 그 긴 꿈이 희망 없는 슬픔이라 한들
깨어난 삶의 싸늘한 현실보다 나으리.

그러나 만약 그것, 영원히 지속되는 그 꿈이
내 어린 날 소년 시절의 꿈들과 유사하다면
만약 그런 모습으로 영원한 꿈이 주어진다면
그보다 더 높은 천국을 바라는 것은 여전히 어리석은 일이리.
여름 하늘에 태양이 찬란할 때, 빛으로 생명이 넘치는
아름다운 꿈들 속에서 나는 기쁨을 누렸으니.
나만의 생각이 만들어낸 존재들과 함께

내 마음은 나의 집과 동떨어져
나만의 나라에서 마음껏 상상을 하였으니.
그 이상 더 무엇을 내가 볼 수 있었으랴?

그건 한 번 오직 한 번이었고 내 추억 속 그 분방한 시간은
사라지지 않으리. 어떤 힘 혹은 주문이 나를 묶어버렸지.
그건 밤에 나를 덮쳐와 내 영혼에
자신의 이미지를 남겨놓고 간 으슬한 바람이었어라.
아니면 내 선잠들을 너무도 차갑게 비춘
최고로 환히 빛날 때의 달 혹은 별들이었어라.
그 무엇이었건 간에 그 꿈은
그 밤바람과도 같은 것이었으니, 그렇게 지나가게 하라.

비록 한낱 꿈속에서였다 해도 나는 행복했어라.
나는 행복했고 꿈이라는 이 주제를 나는 사랑하노라.
삶을 생생하게 채색하는 꿈들을!
그 덧없고 그림자같이 몽롱한
환상과 현실의 경계를 오가는 투쟁과도 같은 꿈들을.
젊은 '희망'이 햇빛 가장 찬란하던 때 알았던 것보다
더 아름다운 '낙원'과 '사랑'—오롯이 우리들만의 것인

그 아름다움! 그것을 내 혼미한 눈에 가져다주는 꿈들을!

죽은 자의 영혼들[52]

I

그 잿빛 묘비의 어두운 생각들 한가운데에서

그대의 영혼은 자신이 홀로임을 알게 되리,

그 모든 사람 무리 중 단 한 명도

그대의 비밀스러운 시간을 염탐하려는 이가 없으리.

II

그 고독 속에 고요히 있으라.

그것은 외로움이 아니리, 왜냐하면 그때에는

삶 속에서 그대 바로 앞에 서 있던 죽은 자들의 영혼이

52　첫 시집 《테멀레인 외 다른 시들》에는 〈죽은 자의 방문〉이라는 제목으로 실렸고, 두 번째 시집 《알 아라프, 테멀레인 외 다른 시들》에 현재의 제목으로 바뀐 수정본이 실렸다.

죽어서도 그대의 주변에 또다시 있으리니,
그래서 그들의 의지가 그대에게
그림자를 던지리니, 가만히 있으라.

III

밤은 비록 맑게 개었지만 찌푸릴 것이고
그래서 별들은 자기들의 고귀한 천국 왕좌로부터,
유한한 인간에게 선사되는 '희망' 같은 빛으로는
내려다보지 않으리.
반짝이지도 않는 그들 붉은 천체들은
지친 그대가 보기에는
그대에게 영원히 들러붙는
이글거림이나 열병으로 보이리.

IV

이제 그대가 결코 물리치지 못할 생각들이 있으리,

이제 결코 사라질 수 없는 환영들이 있으리,
그들은 더 이상은 풀잎에 맺힌 이슬처럼
그대 영혼을 그저 스쳐 지나지는 못하리.

V

미풍은, 신의 숨결은, 고요하여라.
그리고 언덕 위의 안개는
그림자처럼 자욱이, 자욱이, 채 걷히지 않은 채
하나의 상징, 하나의 증표가 되네.
그것이 어떻게 나무들 위에 걸려 있는지
신비 중의 신비여라!

저녁 별[53]

때는 여름의 절정

한밤중이었지.

제 궤도를 도는 별들이

더 밝고 차가운 달빛 사이에서

창백하게 빛났지.

달은 노예 행성들을 거느리고

스스로는 하늘에 있으면서

파도 위로 그녀의 빛을 비추었네.

달의 차가운 미소를

나는 한동안 응시했지

내게는 너무도 차갑고 차가운 모습.

그 옆을 하얀 양털 구름이

마치 수의처럼 감싸며 지나가고 있었지.

---

53   저녁 무렵 뜨는 금성을 의미하며, 로마 신화 속 미와 사랑의 여신인 '베누스', 즉 '비너스'를 상징한다.

그러다 나는 그대에게로 시선을 돌렸지요.
긍지에 찬 '저녁 별'이여,
저 멀리 그대의 영광 안에 있는
그대의 빛이 더 소중합니다,
밤하늘에서 그대가 맡은
그 영예로운 역할이야말로
내 마음에 와 닿는 즐거움이기에.
그래서 더 차갑고 수준 낮은 달빛보다
멀리서 타오르는 그대의 불을
나는 더 사랑합니다.

모방

내 어린 시절은

끝없는 자긍심의

깊이를 헤아릴 수 없는 어두운 물결,

하나의 신비, 하나의 꿈인 듯하다.

이렇게 말할까

그 꿈은, 분명 존재하는데도

내 영혼은 보지 못한 그런 것들에 대한

야생적인 백일몽으로 가득했노라고.

아, 내가 꿈꾸는 눈으로 바라보며

그저 그들이 스쳐 지나가게 두었더라면 좋았을 것을!

내 정신에 아로새겨진 그 환영을

지상의 그 누구도 물려받지 못하게 하라.

그자의 영혼에 주문처럼 걸려

내가 통제하게 될 그 생각들을 말이다.

그 찬란한 희망, 그 빛의 시간은

결국 지나가버렸고, 내 지상의 휴식도

환영이 지나갈 때 내쉰

한숨과 함께 가버린 이상

그 시절 내게 소중했던 생각과 함께

그 환영이 사멸한들 나는 개의치 않으리라.

연聯들[54]

홀로 자연의 우주적인 왕권에 탄복할 때면
우리는 얼마나 자주 시간의 흐름을 잊어버리는가.
자연의 숲들에, 황야들에, 산들에, 그리고
'우리'의 지성에 대한 '그녀'의 그 강렬한 응답에 탄복할 때면![55]

I

젊은 시절 나는 대지와 은밀히 교감을 나누는
한 사람을 알았네. 그는 태어나면서부터
햇빛 속에서 그리고 아름다움 속에서 대지와 교감했지.
뜨겁게 타오르는 그의 삶의 횃불은
태양과 별들에서 점화된 것, 그 천체들로부터 그는
정열의 빛을, 그의 정신에 그토록 딱 맞는 빛을 이끌어내었지.
그러나 그의 정신은 알지 못했네, 그 뜨거운 열기의 시절

---

54 1827년 첫 시집에 제목 없이 실렸던 시로, 1894년 포의 작품집을 엮은 스테드먼 Stedman과 우드베리Woodberry가 지금의 제목으로 이름 붙였다.
55 영국 시인 바이런의 장시《섬》(1823)의 일부. '그녀'는 자연을 의인화한 것이다.

무엇이 그 자신을 지배한 것이었는지를.

II

어쩌면 공중에 떠다니는 달빛이
내 정신을 열에 들뜬 상태로 만든 건지도 모르지.
그러나 나는 그 야생의 빛이
일찍이 옛 민담이 들려준 것보다도 더 많은
장엄함으로 채워진 빛이라고 절반은 믿으리라.
그게 아니면, 그것은 형체를 얻지 못한 생각의 진액에 불과한가,
그래서 여름풀 위에 맺힌 이슬처럼 우리 위로 흐르며
우리를 재촉하는 주문을 부리는 것인가?

III

그래서 그 진액이 우리 위로 지나가면
마치 우리가 사랑하는 대상을 향해 눈을 크게 뜨는 것처럼,
무감각 속으로 막 잠들었던 눈꺼풀에

그렇게 눈물이 흐르기 시작하는 것인가?
그럼에도 그것은 삶에서 우리에게 숨겨진 무엇일 필요는 없는,
매시간 우리 앞에 놓여 있는 흔한 것이면서도
오로지 눈물이 맺히는 그 순간에만, 끊어진 하프 현 같은 낯선 소리로
우리를 깨우려고 애쓰는 그 무엇인 건가?

IV

그것은 다른 세계에 존재하는 것들의 상징이고 증표이어라.
홀로인 사람들에게 신이 미美의 형태로 주시는 것이어라.
그런 것이 없이는 제 심장의 열정과 자기 정신의 음조에 이끌려,
'신앙'이라기보다 어떤 신성과 투쟁해온 그 정신의
고조된 음조에 이끌려, 삶과 천국으로부터 떨어져 나가버릴
그런 사람들에게 주시는 것이어라.
스스로의 깊은 감정을 왕관 삼아 필사적인 활력으로
신성의 왕권을 능가해온 그런 정신의 소유자들에게.

꿈

어두운 밤의 환영들 속에서
나 이미 떠나간 즐거움을 꿈꾸었네.
그러나 생명과 빛 스며든 백일몽은
나를 비탄에 젖게 만들고 말았지.

아! 과거를 되비추는 광선으로
주변의 것들을 바라보는
그런 눈을 가진 자에겐
낮엔들 무엇이 꿈이 아니리오?

그 신성한 꿈—그 신성한 꿈은
온 세상이 나를 꾸짖는 동안
아름다운 빛이 되어 내 기운을 북돋고
외로운 영혼을 인도해주었지.

비록 그 빛이 폭풍우 치는 밤 내내

멀리서 심히 떨고 있었다 한들
'진실'의 낮별 속에서 무엇이
그 빛보다 더 순수하게 환할 수 있으리오?

가장 행복한 날[56]

가장 행복한 날 가장 행복한 시간은,
그을리고 상한 내 마음이 알고 있는 그 최고의 때는,
자긍심과 힘에 대한 그 가장 강렬했던 희망은
다 날아가버렸다고 나는 느끼네.

힘이라고 내가 말했나? 그래! 나는 그렇게 생각하지.
그러나 아아, 다 오래전 사라져버렸네!
내 젊음의 환영들은 나를 따라다녔지만
그러나 그들이 떠나도록 내버려두라.

또한 자긍심이여! 내가 지금 그대와 무슨 상관이 있는가?
그대가 내게 쏟아부은 독을

---

56 첫 시집에 실릴 때 포는 이 시에 제목을 붙이지 않았으나, 흔히 첫 구절 혹은 첫 행 전체를 제목 대신으로 삼는 관행에 따라 지금의 제목으로 불린다. 같은 해 이 시의 수정본이 잡지에 발표되었는데 포의 형인 윌리엄 헨리 포가 수정한 것으로 추정된다. 여기서는 첫 시집에 실린 처음 형태의 시를 번역했다.

또 다른 이마가 물려받기까지 할지 모르니
나의 정신이여, 가만히 있으라.

나의 눈이 보게 될, 그리고 지금껏 보아온
가장 행복한 날 가장 행복한 시간은
자긍심과 힘이 가장 찬란히
번뜩이던 때였다고 나는 느끼네.

그러나 그런 자긍심과 힘에 대한
희망이 지금 주어진다 해도
그 시간에도 내가 느꼈던 그 고통이 동반된다면
그 가장 찬란한 시간을 나는 다시 살지는 않으리.

그 시간의 날개에는 어두운 불순물이 있어
날갯짓을 할 때면 독액이 떨어져 내렸기에,
그 독을 잘 알고 있는 영혼을
파괴할 만큼 강력한 독액이.

호수

──에게

내 젊음의 봄이었던 시절에
이 넓은 세상에서 내가 더할 수 없이 사랑했던 한 장소에
끊임없이 찾아갔던 것은 나의 숙명이었습니다.
검은 바위가 둘러싸고
키 큰 소나무들이 탑처럼 에워싼
그 야생 호수의 고독은 너무도 아름다웠지요.

그러나 '밤'이 그녀의 장막을
다른 모든 것에처럼, 그곳에도 드리울 때면
또 그 신비로운 바람이
멜로디를 웅얼거리며 지나갈 때면
그때, 아 그때는 그 외떨어진 호수가 주는
두려움에 나는 눈뜨곤 했었지요.

그러나 그 두려움은 공포가 아니었습니다.
오히려 떨리는 희열이었지요.

보석 광산을 뇌물로 주며 나를 가르치거나 구슬려도
내가 정의 내리도록 만들 수 없는 감정— '사랑'으로 구슬려도
마찬가지였을 겁니다— 설령 당신의 사랑이라 해도요.

그 독성의 물결 속에 죽음이,
그 물결의 심연에 무덤이 있었지요.
쓸쓸한 상상에 대한 위안을 그 심연에서
길어낼 수 있는 자에게는, 그 어둑한 호수를
에덴동산으로 만들 수도 있는 고독한 영혼에게는
알맞은 무덤이었습니다.

소네트
―과학에게

과학이여! 그대는 늙은 시간의 진정한 딸이어라!
날카롭게 꿰뚫어 보는 그대 눈으로 모든 것을 변화시키니.
무미한 현실의 날개를 가진 독수리여,
왜 그토록 그대는 시인의 심장을 파먹는가?
시인이 어찌 그대를 사랑하리? 시인이 어찌 그대를 현명하다 여기리,
불굴의 날개로 하늘 높이 솟아오른 시인이
보석 박힌 하늘에서 보물을 찾아 방황하도록
그대는 내버려두지 않는데?
그대가 달의 여신 디아나를 그녀의 마차에서 끌어내렸지 않나?
그대가 나무의 요정 하마드리아스를 숲에서 내몰아
은신할 더 행복한 별을 찾아 그 요정들이 떠나게 하지 않나?
그대는 물의 요정 나이아스를 강물로부터 떼어냈고
꼬마 요정 엘프를 초록의 풀밭에서 떼어냈고, 나에게서는
타마린드 나무 아래 여름 꿈을 앗아 가지 않았는가?

알 아라프[57]

1부

오! 체르케스[58]의 보석들에서 낮의 빛이 샘솟는

그 동산들에서 볼 수 있을

미의 여신의 눈빛 (눈의 꽃들에서 반사되는 빛) 말고는

지상의 그 무엇도,

---

57 [원주] 튀코 브라헤가 하늘에 갑자기 나타난 별을 발견했는데 이 별은 며칠 만에 목성보다 더 밝아졌다가 돌연 사라져버렸고 그 이후로는 다시 목격되지 않았다. (튀코 브라헤는 16세기 네덜란드의 천문학자로, 포는 브라헤가 보았다는 별을 아라비아인들이 천국과 지옥 사이의 어떤 곳으로 믿는 영역인 알 아라프와 동일한 곳으로 상상했다. 1829년 출판사에 보낸 포의 편지에 따르면, 포는 튀코가 목격한 그 별이 신의 전언을 전하는 전령으로 인간 세계에 잠시 나타났다가 사라진 것으로 설정했다. 이 별을 거처로 택한 자들은 영생을 향유하지는 못하지만 고양된 흥분으로 가득한 두 번째 삶을 누린 후 망각과 죽음 속으로 가라앉게 된다. 또한 그 별이 나타났던 튀코 시대의 유명 인물들이 죽어서 그 별로 갔다고 상상했는데, 시에 등장하는 안젤로는 미켈란젤로의 영혼으로 설정되어 있다. 이 시는 포가 15세 때 쓴 작품으로, 포의 시 중 가장 길고 어려운 시로 유명하다. 구조의 복잡성과 의미의 모호성 그리고 많은 인유가 숨어 있어서 전체적인 윤곽을 잡기가 쉽지 않다. 포가 명료한 내러티브를 기획했다기보다 정서의 흐름을 조화롭게 실어내는 언어 형식을 실험한 것으로 이해되기도 한다—옮긴이)

58 코카서스 산맥 북쪽 흑해 연안에 있는 지역 이름. 보석 매장량이 많다고 사람들이 믿었던 곳이다.

오! 숲 속 개울의 멜로디나 기쁨의 음성이

(열정에 차서 만들어내는 음악으로) 불러일으키는

전율 말고는 지상의 그 무엇도

결코 저토록 평화로이 떠나지는 않으리,

그리하여 저렇게 조개껍질 속 웅웅거림 같은 메아리로

머물지는, 머무르게 되지는 않으리.

오, 저곳엔 우리의 불순물 찌꺼기 중

그 무엇도 없고 모든 아름다움이 있네.

우리 '사랑'에 귀 기울이고 우리의 나무 그늘을 장식하는

그 모든 꽃들이 저곳 멀고 먼 세계를 장식하네

저 방랑하는 별을.

바야흐로 네사시[59]에겐 달콤한 때. 그곳 그녀의 세계는

네 개의 밝은 태양 가까이 황금빛 공기 위에 느긋이 놓여 있고

축복받은 자 앞에 나타난 사막 속의 오아시스 같은

잠시의 휴식을 그녀는 즐기고 있었기에.

속박에서 풀려난 영혼 위로, 자신에게 운명 지어진 그 높은 곳까지는

---

[59] 이 별에서 가장 높은 천사의 이름.

(파도가 너무 조밀해서) 전력을 다해도 거의 도달할 수 없는
그런 영혼 위로 천상의 광휘를 굽이치게 하는
멀고 먼 빛의 바다 한가운데서 네사시는
빛의 파도를 타고 때때로 먼 곳의 천체들에게로 갔다네.
최근엔 신이 가장 사랑하는 존재인 우리들의 천체에 왔네.
그러나 지금은, 닻을 내린 한 왕국의 지배자인 그녀가 지금은
자신의 홀笏을 옆으로 던지고 지배자의 권위를 내려놓고
향 연기 그득하고 영적인 찬송가들 드높은 가운데
네 개의 빛 속에서 그녀의 천사 몸의 팔다리를 씻네.

천사 네사시는 지금 가장 행복하고 가장 아름다운 모습으로
저 사랑스러운 지구, '미의 관념'이 잉태되어 태어난 곳에서
(놀란 많은 별들 사이로 미의 관념이
마치 진주로 장식된 여인의 머리처럼 화환을 두르고 태어나
멀리 아카이아[60]의 언덕 위에 도달하여 살게 된 곳에서)
무한無限을 들여다보며 무릎을 꿇네.
그녀 주위로 곱슬곱슬 휘돌며 창공을 차양처럼 뒤덮은
많은 구름들은 오직 아름다움으로만 드러나는

---

60 그리스의 지명이며 고대에 존재했다는 전설 속 목가적인 이상향.

그녀 세계의 본에 대한 상징들로 알맞네. 그 구름들은
빛으로 반짝이는 다른 아름다움을 가리지 않고
별처럼 반짝이는 모든 형상들 주위를 화환처럼 휘감아
그 모든 오팔색 찬란한 공기에 경계를 만드네.

매우 황급히 그녀는 온갖 꽃으로 장식된 침대 위에 무릎을 꿇었네.
침대의 백합들은 아름다운 카포 데우카토 섬에서[61]
머리를 들고 피어나 아주 열렬히 그 주위로 솟아올라,
깊은 자긍심으로 한 인간을 사랑하다 죽은 그녀의[62]
날아다니는 발자국 위에 매달리려 한 그 백합들이네.
어린 벌들과 함께 새순이 나는 세파리카[63]는
자신의 보랏빛 줄기를 네사시의 무릎 주위로 세웠네.
그리고 트레비존드에서 유래한 것으로 잘못 이름 붙여진
보석처럼 반짝이는 꽃도 있네.[64]
가장 높은 별들의 주민이었던 그 꽃은

---

61 [원주] 산타마우라 섬에서—그 이전 이름은 데우카디아. (산타마우라는 그리스 서쪽 연안에 있는 레프카다 섬의 이탈리아식 지명. 이 섬의 남쪽 곶이 이탈리아어로 카포 데우카토였다. 고대 그리스의 여성 시인 사포가 바다로 뛰어내려 자살했다는 전설로 유명한 장소이다—옮긴이)

62 [원주] 사포.

63 벌들이 그 꽃에서 잠을 잔다고 하는 인도의 식물.

옛날 모든 다른 아름다움을 무색하게 했었지.

그 꽃의 꿀 발린 이슬은

(이교도들이 알았던 그 전설적인 신주는)

황홀하도록 달콤하게

천국으로부터 방울방울

트레비존드 왕국의 용서받을 수 없는 자들의 정원으로

그리고 어느 태양 같은 꽃 위로 떨어져 내렸지.

그 이슬은 하늘에 있는 태양을 너무도 닮은 꽃 위로 내려앉아

광기와 기이한 공상으로 벌들을 괴롭히면서 지금까지도 맺혀 있네.

천국에서 그리고 모든 천국의 주변에서

요정 식물의 잎과 꽃은 슬픔에 잠겨 위안도 없이 서성거리네.

아주 오래전에 잊힌 어리석은 짓들을 뉘우치느라 머리를 떨구고

슬픔에 잠겨 하얀 가슴을 향기 나는 공기 쪽으로 부풀리며 들썩거리네

죄지은 아름다움이 정화되어 더 아름다워진 것 같은 모습으로.

닉탄시스[65] 또한 빛처럼 성스러워라.

---

64 [원주] 이 꽃은 레이우엔훅과 투르느포에 의해 자주 목격되었다. 벌들이 그 꽃에서 꿀을 빨아먹으면 취한다. ('레이우엔훅'은 네덜란드의 미생물학자이자 현미경을 만든 학자이고, '투르느포'는 프랑스의 식물학자이다—옮긴이)

65 '밤에 피는 꽃'이라는 뜻.

그녀는 향을 풍기는 것을 두려워하여 밤에 향을 풍기네.

클리티아는 많은 태양들 사이에서 뽀루퉁해져

그녀의 꽃잎을 타고 눈물이 흐르는 동안 생각에 잠기네.[66]

그리고 저 포부가 큰 꽃은 지구에서

의기양양하게 피어나자마자 죽어버렸지.

왕의 정원으로부터 천국으로 날아오르기 위해

영혼 속에 향기로운 마음을 터뜨리며 죽어버렸지.[67]

그리고 론 강의 물결과 다투다가

저쪽으로 날아간 발리스네리아 연꽃.[68]

그리고 가장 아름다운 보랏빛 향기의 잔테![69]

황금의 섬! 동지중해의 꽃이여!

---

66 [원주] 클리티아―'크리산테뭄 페루비아눔', 혹은 더 잘 알려진 용어로는, 계속 태양을 향하는 해바라기의 일종. 이 꽃은 고향 페루가 그런 것처럼 이슬 맺힌 구름에 덮여 하루 중 햇빛이 가장 뜨겁게 내리쬐는 동안에는 그 구름 덕에 꽃을 식히고 기력을 회복한다. _B. 드 상-피에르

67 [원주] 파리에 있는 왕의 정원에서는 뱀처럼 구불구불한 모양의 가시 없는 알로에 종이 자란다. 이 알로에의 크고 아름다운 꽃은 개화하는 매우 짧은 시간 동안 강한 바닐라 향을 풍긴다. 꽃은 7월이 다 되어갈 무렵에야 피는데 이때 꽃잎이 펼쳐졌다가 시들어 죽는 것을 볼 수 있다. _B. 드 상-피에르

68 [원주] 론 강에서는 발리스네리아 종의 아름다운 백합이 발견된다. 뿌리가 3~4피트까지 뻗어 있어서 강물이 불어나도 머리가 강물 위로 드러나 있다.

69 [원주] 히아신스.

그리고 성스러운 강 아래로 인도의 큐피드와 함께

영원히 떠다니는 넬룸보의 봉오리.[70]

아름다운 꽃들이여, 그리고 요정들이여! 그들 요정의 보살핌 속에

이 여신의 노래가 향기에 실려 하늘까지 올라가네.[71]

"요정이여! 깊은 하늘에 사는 존재여,

무시무시하면서도 매력적이어서

그 두 가지 속성이

서로의 미를 경합하는 존재여!

이 별은 그대의 경계와

문의 빗장을 보면서 회전하지만

그대는 그 푸른 경계 너머에 있지요.

그리고 자긍심으로부터,

자신들의 왕좌로부터

내던져진 혜성들은

그대의 담장을 넘어가지요.

최후의 날까지 부지런한 일꾼이 된 혜성들은

---

70 [원주] 인도 사람들의 전설에 따르면 큐피드는 넬룸보 꽃 한 송이 안에 감싸인 채 갠지스 강 아래로 떠다니는 모습으로 처음 목격되었으며, 큐피드는 여전히 자기 어린 시절의 그 요람을 사랑한다고 한다.

71 [원주] 그리고 성인들의 기도의 향기로 가득한 황금빛 병들. 〈요한 묵시록〉

지치지 않는 속도로

결코 사라지지 않는 고통을 안고

불(자신들의 심장의 붉은 불)의

운반자가 되어서 말이지요.

우리가 그렇다고 아는 바, 우리가 느끼는 바로는

영원 속에 사는 요정이여,

그대 이마의 그림자는 대체

당신이 어떤 요정이라는 걸 드러내나요?

비록 그대의 전령인 네사시가 알고 있는

그 존재들이 그대의 영원함을 위해

그들 자신을 본뜬 모양을

상상해왔지만요.[72]

오, 신이여, 그대의 뜻이 이루어졌습니다.

이 별이 많은 태풍들 사이로

공기의 파도를 타고 높이 올라왔지만

그녀는 당신의 불타는 눈 아래로

나아갔습니다.

그리고 여기, 생각 속에서,

당신에게로 나아갔습니다.

생각은 홀로 당신의 제국으로 올라가서

당신 왕좌의 파트너가 될 수 있기에

저의 전언은 날개를 단

환상을 통해 전달됩니다[73]

72 [원주] 신이 실제로 인간의 형상을 가진 존재로 이해되어야 한다고 그리스도 인성론자들은 주장했다. _클라크의 《설교》 2절판 1권 26쪽을 보라.
밀턴의 주장의 일반적인 방향은 언뜻 보기에 인성론자들의 교리에 근접한 듯한 언어를 사용하는 쪽이지만, 교회 암흑기의 가장 무지한 주장 중 하나를 택했다는 혐의로부터 밀턴이 스스로를 방어하고 있다는 것을 이내 알 수 있을 것이다. _《밀턴의 기독교 교리에 대한 섬너 박사의 주석》
반대되는 많은 증언이 있긴 해도, 이러한 인성론자들의 견해는 결코 매우 일반적인 것이 될 수가 없었다. 메소포타미아의 시리아 사람인 오디우스는 그러한 견해로 인해 이단이라고 비난받았다. 그는 4세기 초에 살았고 그의 제자들은 '신인神人 동형론자'라고 불렸다. _'뒤팽'을 보라.
밀턴의 짧은 시에 다음과 같은 행들이 있다.
　신성한 숲에 사는 특별한 힘을 가진 자매들이시여
　우리에게 알려주오, '그분'이 누구인지
　자연이 인류의 원형으로 선택한
　불변이고, 불멸이며, 똑같이 오래된 양극단을 가진,
　단 하나이면서도 모든 곳에 편재하는
　그 위대한 최초의 이데아는 누구인지
　신을 탄생시킨 그 신의 이미지는 누구인지?
　눈이 멀어 최고의 계시의 빛을 얻은
　그 테베의 예언자도 결코 비밀스런 환영으로도
　그를 보지 못했으리.
　《플라톤의 이데아》라는 시의 일부로, 원문은 라틴어로 인용되었다—옮긴이)
73 [원주] 아버지의 눈에 가장 사랑스러운 딸
　주피터의 귀염둥이
　환상이여. _괴테
　(《나의 여신》이라는 시의 일부로, 원문은 독일어로 인용되었다—옮긴이)

천국의 주변에서

비밀이 앎이 될 때까지요."

그녀는 말을 멈추었네. 그러고는 부끄러워

타오르는 뺨을 그곳 백합들 가운데로 묻으며

신의 눈의 열기로부터 은신처를 구하네.

별들도 그 신성에 몸을 떨었기에.

그녀는 미동도 않고 숨도 쉬지 않았네—거기에 한 목소리가 있었기에.

그 고요한 공기는 얼마나 엄숙하게 퍼져 있는지!

놀란 귀에 들려오는 고요의 소리는

꿈꾸는 시인들이 "천체의 음악"이라고 부르는 소리이어라.

우리의 세계는 말로 이루어져 있어 고요함을 "침묵"이라고

부르지만 그저 모든 말 중 하나일 뿐이어라.

모든 자연은 말을 하네, 그리고 관념의 존재들조차

환상의 날개를 퍼덕이며 어렴풋한 소리를 낸다네.

그러나 아! 저 높은 영역에서는

신의 영원한 목소리가 그렇게 지나갈 때에는

그 붉은 바람이 하늘에서 스러져 갈 때에는 그렇지 않다네!

"만약 한 작은 체제와 하나의 태양에 연결되어

보이지 않게 회전하는 세계들에서[74]

그곳에서 모든 나의 사랑이 어리석음이 되고 사람들의 무리가

여전히 나의 무서움을 그저 천둥 구름, 폭풍우,

지진, 대양의 분노라고 생각한들 어쩌랴.

(아, 그들은 내가 더 분노하도록 나를 거스를 것인가?)

만약 단 하나의 태양을 가진 세상들에서

그 세상이 회전하면서 '시간'의 모래가 점점 희미해진들 어쩌랴.

그래도 나의 광휘가 그대의 것이어서

그렇게 그대가 나의 비밀들을 더 높은 천국을 통하여 나르니

아무도 사는 자 없는 그대의 수정 집을 떠나 날아가라.

모든 그대의 행렬을 이끌고 달빛 어린 하늘을 가로질러서 가라.

시실리 밤의 반딧불이처럼 따로따로 떨어져서[75]

다른 세상으로, 또 다른 빛을 갖고 날아가라!

---

74 [원주] 보이지 않는다는 것은, 곧 눈에 보이기에는 너무 작아서 보이지 않는다는 것. _레그 (원문의 'sightless'가 '보이지 않는'의 뜻으로는 포 당대에도 이미 잘 쓰이지 않았던 것으로 보인다. 포는 이 뜻으로 이 단어를 사용한 선례로 레그를 제시했다. 레그는 당대 한두 권의 설교서를 출판한 옥스퍼드 주교 에드워드 레그인 것으로 추측한다—옮긴이)

75 [원주] 나는 반딧불이들의 특정한 움직임을 자주 목격했다. 반딧불이는 무리를 지어 날아가는데 하나의 공통된 중심을 가진 무리로부터 헤아릴 수 없이 많은 둥근 무리들로 분화하면서 날아간다.

그대 전언의 비밀을

그 오만으로 반짝이는 천체들에게 누설하라.

그리하여 모든 이의 마음에 그 전언이 장벽과 금지가 되게 하라

그 별들이 인간의 죄 속에 비틀거리지 않도록!"

노란빛이 비치는 밤에 그녀는 일어났네. 달이 하나인 밤에!

우리가 단 하나의 사랑에게 우리의 믿음을 맹세하는 곳

단 하나의 달을 사랑하는 지구에서.

젊은 미의 여신의 탄생지는 달을 하나밖에 갖지 못하니.

솜털같이 부드러운 시간들에서 그 노란 별이 튀어나온 것처럼

그녀는 꽃들로 장식된 성소에서 일어나

빛나는 산과 희미한 벌판 위로 몸을 굽혀 날아올라 길을 떠났네.

그러나 그녀의 테라시아 섬의 통치권을 버리지 않고.[76]

---

[76] [원주] 순식간에 바다에서 솟아올라 어부들의 놀란 눈에 목격되었다는, 세네카가 언급한 테라시아 섬.

2부

산머리가 반짝반짝 높이 빛나는 곳에,

침상에서 편안하게 누워 졸던 거대한 목초지의 양치기가

무거운 눈꺼풀을 들어 올리다 놀라서 바라보며

많은 "용서받아야 할 희망"을 중얼거리게 되는 그런 곳에,

달이 천국에서 네모꼴이 되는 어느 시간에,

저 멀리 태양빛 비친 공기 안으로 솟구친 그 산머리가

저녁에 지는 태양 광선을 포착하여

장밋빛으로 물드는 높은 산에,

달이 밤의 정오에 그 아름답고 더 묘한 빛과 춤추는 시간에,

한 묶음의 화려한 기둥들이

무겁지 않은 공기 위에 그토록 높이 솟아올랐네.

기둥들은 파로스 산의 백색 대리석으로부터 나온 빛을 번쩍이며

저 아래 어린 산에 코를 비비는 파도 위로

쌍둥이같이 똑같은 미소를 번뜩이네.

그 대리석 표면은 흑단빛 공기를 통과하다 녹아버린

별들로 덮여 있는 것 같네.

별들이 하늘의 거처들을 장식하듯 반짝거리며

떨어져 내리다 죽어가면서

스스로 자신의 은빛 관 덮개 천이 되어버린 것 같은 표면.[77]

천국으로부터 연결된 빛을 타고

하나의 둥근 지붕이 내려와

부드럽게 그 기둥들 위로 마치 왕관처럼 앉았네.

그 돔의 지붕에는 원형 다이아몬드 창이 있어

위로 보랏빛 공기를 올려다보았지.

그리고 신으로부터 나오는 광선들이 유성을 연이어 내리쏘아

그 모든 아름다움을 또다시 두 배로 더 거룩하게 만들었네.

그러나 그 천국과 그 원형의 창 사이에서

한 진지한 영혼이 자신의 음울한 날개를 펄럭일 때

그 세계는 아름답지만은 않았네.

그 기둥들 위에서 치품천사의 눈은

이 세계의 침침함을 보았네.

자연이 미의 여신의 무덤에 쓸 색으로 가장 사랑하는 잿빛 초록색이

각 처마돌림띠에 처마도리의 선을 따라 잠복해 있었네.

그리고 자신의 대리석 처소로부터 밖을 빤히 내다보는

---

77 [원주] 뒤흔들린 올림포스 산의 파괴된 지붕으로부터
불운하게도 떨어진 어느 별._밀턴

그 주변에 조각된 모든 아기 천사들은

각자의 벽감 그늘 속에서 지상에 속한 것처럼 보였네.

그토록 풍요로운 세계에 있는 그리스의 조각들인가?

타드모르, 페르세폴리스, 바알베크에서 유래한 띠장식들**78**

그리고 아름다운 고모라의 고요하고 분명한 심연이여!

오, 그 파도는 이제 그대 위에 있네**79**

구하기에는 너무 늦었네!

---

78 [원주] 페르세폴리스에 대하여 볼테르는 "나는 저 유적이 어떤 감탄을 불러일으키는지 안다. 그러나 불모의 벼랑들이 연이어 있는 기슭에 지은 궁전이 예술의 걸작이 될 수 있을까!"라고 말한다. (포는 볼테르의 《국가들의 풍습과 정신에 관한 에세이》의 프랑스어 원문을 다소 부정확하게 인용했다. 타드모르, 페르세폴리스, 바알베크는 다음 행의 고모라와 함께 모두 멸망한 고대의 도시들이다―옮긴이)

79 [원주] "오! 파도는"이 의미하는 바다인 울라 드귀시는 터키어 명칭이고 본토에서는 '바하르 로스' 혹은 '알모타나'로 불린다. 그 "사해死海"가 삼킨 도시는 의심할 여지 없이 두 개 도시 이상이다. 싯딤의 계곡에는 다섯 개의 도시, 즉 아드라, 제보인, 조아르, 소돔, 고모라가 있었다. 비잔티움의 스티븐은 여덟 개 도시가 침몰했다고 말했고, 스트라보는 열세 개라고 말한다. 그러나 마지막 주장은 말이 안 된다.
극심한 가뭄 후에 그 도시들의 기둥, 벽 등의 잔해들이 물의 표면 위로 드러났다고 한다(트라티투스, 스트라보, 조세퍼스, 성 사바 수도원의 대니얼 수도원장, 나우, 몬드렐, 트로일로, 다르보 등이 그렇게 말한다). 그런 유적들은 어떤 계절에도 그 투명한 호수를 들여다보면 발견할 수 있을지 모른다. 지금은 '아스팔티테스 호수'가 차지하고 있는 그 공간에 한때 수많은 부락들이 있었다고 입증할 정도의 깊이 아래에 있을지 모른다. (괄호 속의 인물들은 역사가, 지리학자, 성직자, 여행가, 작가 등이 멸망한 도시들에 대해 언급한 사람들이다. 울라 드귀시, 바하르 로스, 알모타나, 아스팔티테스는 '죽은 바다' 혹은 '운명의 바다'라는 뜻을 지니고 있으며 실제로는 호수이다―옮긴이)

소리는 여름밤에 한껏 즐기기를 좋아하네.

그 증거로 잿빛 석양의 속삼임을 들어보라

오래전 아이라코 왕국에서 수많은 열성적인 점성가들의

귓속에 몰래 들어왔던 속삭임을.[80]

생각에 잠긴 채 희미한 먼 곳을 응시하는 자의 귀에,

그리고 구름처럼 다가오는 그 어둠을 보는 자의 귀에

언제나 몰래 들어오는 속삭임을 들어보라.

그 어둠의 형체와 소리야말로 가장 또렷하고 가장 큰 소리이지
않은가?[81]

그러나 이건 무엇인가? 그것이 온다, 그리고 그것이

음악을 함께 가져온다, 날개들의 돌진,

하나의 멈춤, 그러고는 휩쓸 듯 지나가며 하강하는 곡조.

네사시가 다시 그녀의 궁궐로 돌아왔다.

장난스레 서두른 격렬한 힘으로 인해

그녀의 뺨은 붉어졌고 그녀의 입술은 벌어졌고

---

80 [원주] 아이라코, 즉 칼데아.

81 [원주] 나는 어둠이 수평선 위로 몰래 엄습할 때 그 어둠의 소리를 명료하게 들을 수도 있다고 종종 생각해왔다.

그녀의 부드러운 허리 주위로 매어진 띠는

그녀의 가슴이 부풀어 헐떡이는 아래에서 터져 풀어져 있었다.

그녀는 숨을 고르려고 그 회랑의 중심부에서

멈추어 헐떡였다, 잔테여! 이 모두가 요정의 빛 아래에서 일어났다.

네사시의 황금색 머리에 입 맞춘 후 쉬기를 갈망하면서도

그 머릿결에서 빛나지 않을 수가 없었던 그런 빛 아래에서!

그날 밤 어린 꽃들은 음악 속에서 행복한 꽃들에게 속삭이고 있었네[82]

그리고 나무는 나무들에게 속삭이고 있었네.

수많은 별들이 빛나는 작은 숲에서 혹은 달빛 어린 작은 골짜기에서

샘물들이 음악을 콸콸 쏟아내고 있었네.

그러나 침묵은 물질적 사물들에게도 찾아왔지.

아름다운 꽃들, 빛나는 폭포들, 그리고 천사의 날개들에게도.

그리고 그 침묵의 요정으로부터 솟아난 소리만이

네사시가 부르는 마법 같은 노래에 후렴구를 더했네.

---

[82] [원주] 요정들은 의사소통하는 문자로 꽃들을 사용한다. 《윈저의 즐거운 아낙네들》

"야생 히아신스 혹은

물 흐르는 모양의 꽃 아래에 있는,

혹은 꿈꾸는 자로부터 달빛을 멀리 차단하는[83]

숱이 더부룩한 야생의 가지들 아래에 있는

환한 존재들이여!

하늘로부터 그대들의 기적 같은 힘을 이끌어낸 별들에 대해

반쯤 감긴 눈으로 생각하는 존재들이여!

그 별들이 마치 지금 그대들에게 호소하는 처녀의 눈처럼

어둠 사이로 반짝거리다

내려와 그대 이마에 이를 때까지

생각에 잠긴 존재들이여!

일어나라! 보랏빛 나무 그늘에서 꾸는

그대의 꿈으로부터.

그리하여 이 별이 빛나는 시간에 걸맞은

임무를 다하라.

---

[83] [원주] 성경에 이러한 구절이 있다. "태양은 낮에 그대를 상하게 하지 않을 것이며 달도 밤에 그대를 상하게 하지 않으리라." 아마도 일반적으로 알려져 있지는 않겠지만 이집트에서는 달빛에 얼굴을 노출시킨 채 잠을 자면 달이 그 사람들의 눈을 멀게 한다고 한다. 이 성경 구절은 그러한 상황에 대해 분명하게 언급한다.

그리고 이슬로 거추장스러워진

그대들의 삼단 같은 머릿단으로부터

마찬가지로 성가신 그 입맞춤들의

숨결을 흔들어 떨구어내라.

(오, 사랑이여, 그대가 없다면,

어떻게 천사들이 축복받을 수 있겠는가?)

그대를 얼러 휴식하게 하는

진실한 사랑의 그 입맞춤들을 떨구어내라!

일어나라! 그대의 날개로부터

모든 거추장스러운 것을

흔들어 떨구어내라.

밤의 이슬을 떨구어내라

이슬은 그대의 비행에 짐을 지우리니.

그리고 진실한 사랑의 애무들을 떨구어내라.

오, 그것들과 이별하라!

그들은 그 삼단 같은 머릿단 위에서는 가볍지만

마음에는 납처럼 무거우니.

라이지아! 라이지아!

나의 아름다운 이여!

그녀의 가장 모진 생각조차도
선율을 따라 음악적으로 흐를 존재여.
오! 미풍에 흔들리는 건
그대의 의지인가요?
아니면, 변덕스럽게도 지금은 가만히
그 외로운 앨버트로스처럼
(공기 위에 떠 있는 것처럼)
밤공기 위에 누워 있나요?[84]
밤의 조화를 기쁘게
지켜보기 위하여?

라이지아여! 그대의 환영이
어디에 있건 간에
어떤 마술도 그대로부터
그대의 음악을 갈라놓지 못하리.
그대는 많은 눈들을
꿈꾸는 잠으로 휘감아 가려놓았지만
그대를 지키는

---

84 [원주] 앨버트로스는 날면서 잠을 잔다고 한다.

그 곡조들은 여전히 일어나네.

빗소리는 꽃으로 뛰어내려

그 소나기의 리듬 속에

다시 춤추고

풀이 자라나는 곳에서

웅얼거림이 샘솟네.[85]

그들은 사물들의 음악이어라.

그러나 아 슬퍼라! 모두 천국을 본뜬 모방일 뿐이니.

그러면 나의 소중한 이여, 멀리 가시오.

오, 그대 멀리 얼른 가시오

달빛 아래

가장 깨끗하게 놓인 샘물에게로,

깊은 휴식의 꿈속에서

자기 가슴을 보석으로 장식해주는

수많은 별들에게 미소 짓는 고독한 호수에게로.

그곳들에선 야생 꽃들이 기어오르면서

제 그늘들을 뒤섞고,

---

[85] [원주] 나는 이러한 관념을 어느 옛 영국 이야기에서 접했는데 지금은 원전을 찾을 수가 없어서 기억으로만 인용한다. "모든 음악의 진정한 정수이자 사실상의 원천이며 기원은 나무들이 자랄 때 내는 매우 즐거운 소리이다."

그 호수의 가장자리에는

많은 처녀들이 잠들어 있네.

몇몇은 그 서늘한 공터를 떠나서

벌들과 함께 잠들어버렸네.[86]

나의 라이지아여, 황야와 초원에서

그들을 깨우라.

가라! 그들의 잠에 입김을 불어넣어라.

그들의 귓전에 대고 부드럽게

그들이 잠 속에서 들으려 한

그 음악적인 곡조를 노래하라.

어떤 마법의 선잠으로도

시험할 수 없을 그런 매혹이 아니고는,

천사를 얼러서 쉬게 만든

---

[86] [원주] 달빛이 있으면 야생의 벌은 그늘에서 자지 않는다.
이 시행들의 각운은 그 앞의 약 160행에서처럼 허세를 부리는 외양을 갖고 있다. 그러나 이것은 W. 스콧 경을 흉내 낸 것이며 다소간은 클로드 핼크로를 모방한 것이다. 클로드의 입이 만들어내는 효과에 나는 경탄한다.

    오! 늘 야생적인 곳이면서도
    그곳에선 여인이 미소 짓고
    어떤 남자도 기만당하지 않는
    그런 섬이 하나 있다면.
(월터 스콧의 시 〈클로드 핼크로의 노래〉에서 인용한 구절—옮긴이)

그 리드미컬한 곡조가 아니고는

무엇이 차가운 달 아래 잠든 천사를

금방 깨울 수 있겠는가?"

나타나는 날개 달린 요정들, 천사들,

별안간 봇물처럼 나타나 천국을 통과하는 수천의 치품천사들,

여전히 졸린 날개로 둥둥 떠 날아다니는 갓 깨어난 꿈들,

신의 완전한 '지식'을 제외한 모든 것을 갖춘 치품천사들.

그 지식은 신의 눈으로부터 떨어져 저 멀리, 오 죽음이여!

그대의 영역을 통과하며 굴절되어 저 별에 이른 날카로운 빛이어라.

달콤하였어라 그 오류는—그 죽음은 더욱 달콤하여라

달콤하였어라 그 오류는—그 과학의 숨결은 심지어 우리에게도

우리의 기쁨의 거울을 침침하게 만드네.

치품천사들에게 과학이란 사막 모래 바람처럼 파괴적이었네.

그들에게 진실이 거짓이라는 것을 안다는 게

혹은 축복이 슬픔인 것을 안다는 게 무슨 소용이리?

달콤하였어라 그들의 죽음은—그들에게는 죽음은

만족한 삶에 대한 마지막 희열로 가득하였어라.

그 죽음을 넘어 그 어떤 불멸도 없어라. 오로지 생각에 잠겨

'존재'가 아닌 것이 되는 잠만이 있을 뿐.

그 잠 속에—오! 나의 지친 영혼이 머무르기를.

천국의 영원으로부터 떨어진 그곳—지옥으로부터도 얼마나 먼 곳인지![87]

어느 죄 지은 영혼이, 어느 침침한 관목 숲에서,

그 감동적인 찬가의 호출을 못 들었으리?

듣지 못한 두 명, 그들은 추락했네. 자기 자신의 심장 고동 소리 때문에

신성한 명령을 듣지 못하는 자들에게 천국은 어떤 영광도 주지 않기에.

---

[87] [원주] 아라비아 사람들에게는 천국과 지옥 사이에 어떤 중간 영역이 있다. 그곳에서 사람들은 벌을 받지 않지만 천국의 기쁨으로 여겨지는 그런 평화와 행복에도 도달하지 못한다.
  추구하라
  중단된 꿈을
  순수하고 행복하고 자유로운 날을.
  정열, 열망, 증오, 희망,
  질투로부터 벗어나. _루이스 폰세 데 레온
슬픔이 '알 아라프'에 없는 건 아니고 산 자가 죽은 자를 위해 품는 바로 그런 슬픔, 어떤 이들에게는 아편이 주는 황홀경과 닮은 슬픔이 그곳에 있다. 사랑의 열정적인 흥분과 그러한 열광에 동반되는 영혼의 쾌활함은 알 아라프에서 누릴 수 있는, 천국보다 덜 성스러운 기쁨들이다. 죽은 후 자신의 거처로 알 아라프를 선택한 영혼들에게 그러한 기쁨을 누리는 대가는 최종적인 죽음과 소멸이다.
(인용된 시는 16세기 스페인의 신비주의 시인 루이스 폰세 데 레온의 〈시〉로, 일부 행을 줄여 변형했다. 원문에는 스페인어로 인용되어 있다—옮긴이)

그 둘은 한 처녀 천사와 그녀의 연인인 치품천사였네.

오! 정신 멀쩡한 '의무'라는 것 옆 어디에

(당신이 넓은 하늘을 온통 다 뒤져도 좋소) '사랑' 그 눈먼 것이 있었던가?

인도자 없는 '사랑'은 '완전한 신음의 눈물 속으로' 추락하고 말았어라.[88]

추락한 그는 매력적인 영혼이었네.

이끼로 덮인 샘가의 방랑자.

천상에서 빛나는 빛들을 바라보는 자.

달빛 아래 사랑하는 이 옆에서 꿈꾸던 자였네.

무엇이 놀라운가? 그곳의 모든 별은 각각 눈과 같아서

미의 여신의 머리결을 너무도 사랑스럽게 내려다보았으니.

그래서 그 별빛과 그 모든 이끼 낀 샘들은

사랑에 사로잡힌, 애수에 잠긴 그의 마음에는 신성한 것이었으니.

밤은 (그에게는 슬픔의 밤이네)

산의 바위 위에 있는 젊은 안젤로를 보았네.

---

[88] [원주] 헬리콘 산에서 그대를 위하여 우는
완전한 신음의 눈물이 있다. _밀턴
《윈체스터 후작부인의 묘비명》을 변형하여 인용—옮긴이)

이마가 튀어나온 산은 엄숙한 하늘을 배경으로 아래로 구부러지며

산 아래 놓여 있는 별이 빛나는 세계를 노려보네.

여기 그는 사랑하는 이와 함께 앉았네.

독수리 같은 시선으로 창공을 따라가던 그의 시선이

이제 그녀에게 향하네. 그러나 그녀를 바라보면서도

그의 시선은 '지구'라는 천체를 향하여 또다시 떨리네.

"사랑하는 이안테, 보시오! 저 광선은 얼마나 희미한가요!

저토록 멀리 떨어진 곳을 바라보는 게 얼마나 아름다운지요!

내가 지구의 아름다운 회랑을 떠나던 그 가을날 저녁에는

지구는 그렇게 아름다워 보이지 않았어요. 떠나면서 슬피 울지도 않았지요.

그 저녁, 그 저녁을 나는 잘 기억해야만 해요.

렘노스 섬에서 내가 앉아 있던 도금된 회랑의 아라베스크 양식 조각상들 위로

태양빛이 마술처럼 떨어졌지요, 그 휘장이 드리워진 벽 위로.

그리고 나의 눈꺼풀 위로, 오 그 무거운 빛이!

그 빛은 어찌나 졸리게 내 눈꺼풀을 누르고 밤으로 인도하였던지!

그 일이 있기 전 나의 눈은 페르시아 시인 사디와 함께

그의 〈장미 정원〉에서 꽃들과 안개와 사랑 위로 달리고 있었지요.

그러나 오 그 빛은! 죽음은 내가 선잠이 든 동안

몰래 나의 감각들 위로 들어왔어요. 그 아름다운 섬에서

너무도 부드럽게 내 잠으로 들어왔기에

내 잠든 은빛 머리카락 한 올도 깨어나지 못했고,

죽음이 거기 있는지도 몰랐어요.

내가 밟은 지구 천체의 마지막 장소는

파르테논이라고 불리는 당당한 사원이었어요.[89]

사원의 기둥 벽 주변으로는 그대의 빛나는 가슴을 고동치게 한

아름다운 것들보다 더 많은 아름다움이 있었지요.[90]

그리고 늙은 시간이 나의 날개를 해방시켜주었을 때

나는 시간의 탑에서 나온 독수리처럼 그곳으로부터 솟아올랐다오.

그리고 한 시간도 지나지 않아 나는 세월을 뒤로하고 그곳을 떠났지요.

---

89 [원주] 1687년 파르테논 신전은 온전했고 아테네에서 가장 고귀한 장소였다.

90 [원주] 사랑의 여왕의 하얀 가슴이 지닌 것보다 더한 아름다움을
    그들의 높이 솟은 이마 위에 드리우면서. _말로
    (크리스토퍼 말로의 희곡 《파우스트 박사》의 한 구절―옮긴이)

그때 그 지구의 공기에 떠서 내가 배회하고 있을 때
지구라는 정원의 절반이 마치 내던져진 두루마리가 펼쳐지듯
나의 시야에 하나의 차트처럼 펼쳐졌지요.
사람이 살지 않는 사막의 도시들까지 보였다오!
이안테여, 그때, 아름다움이 내게 몰려와 흘러넘쳤고
나는 다시 인간이 될 수 있다면 얼마나 좋을까 하고 반쯤은 소망했다오."

"나의 안젤로, 그런데 왜 인간의 아름다움이어야만 하나요?
그대를 위한 더 환한 거처가 여기에 있어요.
저 위의 하늘에서보다 더 짙은 초록 들판이 있어요.
그리고 여인들의 아름다움, 그리고 열정적인 사랑이 있잖아요."

"하지만 이안테, 들어봐요! 날개 단 내 영혼이 높이 솟아오르면서[91]
그 부드러운 공기가 희박해졌을 때
어쩌면 내 머리가 어질어질해졌던 것 같긴 하지만,

---

91 [원주] 페넌pennon은 새의 날개pinion. _밀턴 (원문의 "날개 단 내 영혼my pennon'd spirit"에서 'pennon'이 '날개pinion'의 의미로 사용되었고 밀턴의 작품에서 그 예를 찾을 수 있다는 뜻이다—옮긴이)

내가 막 떠난 그 세계가 혼돈의 상태로 내던져진 걸 보았다오.
원래의 위치에서 튀어 올라 바람에 뿔뿔이 흩어져
불타는 천국을 가로지르는 불길이 되어 뒹굴었어요.
내 생각에, 사랑하는 이여, 그때 나는 솟아오르기를 멈추고
떨어진 것 같아요. 내가 솟아오를 때만큼 빠른 속도로 떨어지진 않았지만요.
나는 떨면서 빛을 통과하여, 청동색 광선을 통과하여 아래로
이 황금의 별로 떨어졌지요!
내가 떨어진 시간들은 길지도 않았어요.
왜냐하면 모든 별 중에 그대의 별은 우리들의 별에 가장 가까웠기 때문이지요.
환희의 밤중에 찾아오는 무서운 별이여!
소심한 지구 위의 붉은 다이달로스 같은 존재여."

"우리는 당신의 지구에 왔어요. 그러나 우리가 네사시의 명령에 대해
논하는 것은 우리의 권리는 아니죠.
사랑하는 이여, 우리는 그저 밤의 흥겨운 반딧불이가 되어
주위로, 위로, 아래로 오가지요. 우리는 이유도 묻지 않아요.
신이 그녀에게 허락하는 것과 같은 고개 끄덕임을

그녀가 우리에게 주도록 요청할 뿐이죠.

그러나 안젤로, 그대의 세계보다 더 아름다운 세계 위로

회색 '시간'이 자신의 요정 날개를 펼친 적은 없어요!

지구의 작고 동그란 접시 모양은 희미하고

천사의 눈만이 하늘에서 그 환영을 볼 수 있지요.

처음에 알 아라프는 자신의 진로가

별이 빛나는 바다 위 저쪽으로 곤두박이칠 걸로 알았지만

바로 그때 마치 인간의 눈 아래 빛나는 미의 여신의 흉상처럼

그 지구의 영광이 하늘 위로 부풀어 올라왔고

우리는 인간의 유산 앞에 멈추었지요.

그리고 그대의 별은 떨고 있었어요, 그때 마치 미의 여신이 떨고 있는 것 같았어요!"

그렇게 대화를 나누며 연인들은 지루함을 잊었고

그 밤은 기울고 기울어 어떤 낮도 가져다주지 않았다.

그들은 천국으로 구원받지 못하고 추락하였기에―자신들의 심장 고동 소리 때문에

신성한 명령을 듣지 못하는 자에게 천국은 어떤 희망도 알려주지 않기에.

로맨스[92]

로맨스는 졸리는 머리로 날개를 접고

고개를 끄덕이며 어느 그늘진 호수 속

저 깊은 아래에서 흔들거리는 초록 잎들 가운데서

노래 부르기를 좋아했네.

내게는 알록달록한 한 마리 잉꼬

너무나 친숙한 새였네. 내게 알파벳 말하는 법을

가르쳐주었고 내가 가장 처음 배운 말을

혀짤배기소리로 말하도록 가르쳐주었지

내가 다 알고 있다는 듯한 조숙한 눈을 가진 아이로

야생의 숲에 누워 있던 시절에.

---

[92] 이 시는 1829년 시집 《알 아라프, 테멀레인 외 다른 시들》에 〈서문Preface〉이라는 제목으로 처음 실렸으며, 지금은 흔히 〈로맨스〉라는 제목으로 시 전집에 수록된다. 처음 발표한 이후 약간씩 수정을 가한 미출판 원고들이 있으며, 마지막 수정본은 36행이 더해진 훨씬 긴 원고로 〈도입Introduction〉이라는 제목이 붙어 있다. 이 수정본은 출판되지 않았다. 여기서는 긴 수정본을 제외하고, 약간의 변형이 가해진 원고 중 맨 마지막 형태의 시를 번역했다.

최근 영원한 콘도르의 세월이

천둥 치듯 지나가며 바로 저 높은 천국을

너무나 소란스럽게 흔들었네.

나는 그 조용하지 않은 하늘을 쳐다보느라

한가로운 생각을 할 겨를이 없었네.

그러니 더 고요한 날개 달린 한 시간이라도

내게 찾아와 내 영혼에 깃털이라도 던져줄 때면

그 금지된 것들! 그 수금과 운율을 즐기는 짧은 시간만이라도

내 심장은 수금 현의 가락에 맞추어 떨려야만 하리.

그러지 않는다면 나는 죄짓는다고 느끼리.

──에게[93]

내가 여러 꿈에서 본 나무 그늘들
가장 분방하게 노래하는 새들이 있는 그곳은
그대의 입술, 그곳에서 흘러나오는 가락은 모두
그저 입술이 잉태한 말들이어라.

마음의 천국에 모셔진 그대의 눈이
그때, 적막하게, 오 이런!
내 음울한 마음 위로 떨어져 내리네
어느 관보 위로 떨어지는 별빛처럼.

그대의 마음, 그대의 마음은! 나는 깨어나 한숨 쉬네.

---

[93] 포의 시를 묶은 학자 중 한 명인 캠벨Killis Campbell은 이 시를 포의 첫사랑으로 알려진 10대 시절 연인 '세라 엘마이라 로이스터'에 대한 시로 본다. 엘마이라의 아버지가 두 사람의 교제를 반대한 것으로 알려져 있고, 엘마이라는 10대 때 다른 사람과 결혼했다. 캠벨은 이 시의 맨 마지막 행을 자산가였던 그녀의 남편의 부富에 대한 언급으로 보았다.

그리고 황금으로도 결코 살 수 없는 그 진실[94]을

알게 되는 날까지 꿈꾸기 위해 다시 잠드나니,

어쩌면 황금으로 살 수 있는 값싼 것일지 모르지만.

---

94 원문인 'truth'는 고어에서는 연인이나 배우자에 대한 충실함 혹은 정절의 의미도 함께 지닌다.

강에게

아름다운 강이여! 수정같이 환하고 맑게
굽이쳐 흐르는 그대 물결이여,
그대는 미美가 발산하는 환한 빛의 상징.
숨기지 않은 마음.
알베르토 노인의 딸이 부리는
장난기 있는 기교의 미로.

그러나 그녀가 그대 물결을 들여다보면
그때 그 물결은 반짝거리면서 또 떨고 있지.
아, 그때, 세상 강물 중 가장 예쁜 그 작은 강물은
그녀를 숭배하는 자를 닮아 있지.
나의 마음속에는 그대 물결 안에서처럼
그녀의 이미지가 깊이 자리하고 있으니까.
영혼을 빤히 살피는 그녀의 눈빛 앞에
떨리는 그의 마음이 자리하고 있으니까.

――에게[95]

나는 개의치 않으리라, 내 지상의 운명

그 안에, 지상의 것이 거의 없다는 것을,

또한 오랜 사랑의 세월이

한순간의 미움에 잊힌다는 것을.

사랑하는 이여, 내가 슬퍼하는 것은

쓸쓸한 자들이 나보다 더 행복하기 때문이 아니라

지나가는 자에 불과한 나의 운명을

그대가 슬퍼하기 때문이라오.

---

95 이 시의 최초 원고에는 〈홀로〉라는 제목이 붙어 있었으며, 1829년 시집에는 〈M 에게〉라는 제목으로, 이후 다듬어진 수정본들에는 〈――에게〉라는 제목이 붙어 있다. 번역은 최종본을 사용했다.

요정 나라[96]

침침한 계곡들, 그림자 지는 물결들,

그리고 구름 낀 듯 뿌연 숲들.

그들은 도처에 뚝뚝 흐르는 눈물 때문에

우리가 발견할 수 없는 형태들.

그곳에서 거대한 달들이 차올랐다가 기울기를

다시, 다시, 다시 반복하면서

끊임없이 장소를 변화시키는

밤의 모든 순간들.

그리하여 그 달들은 창백한 자기 얼굴에서 나오는

입김으로 별빛을 꺼뜨린다.

달시계로 열두 시경에

엷은 막에 싸인, 다른 달보다 더 흐릿한 달이

(다른 달들로부터 최고의 달이라고

---

[96] 이 시는 1829년에 발표되었고 여러 수정본이 있다. 1831년에 발표된 동명의 시는 40행 이상 수정하여 별도의 시로 간주되기도 한다. 번역은 1829년의 형태를 유지한 것 중 맨 나중 시를 사용했다.

판정받은 그런 종류의 달이)

내려온다, 지금도 아래로, 더 아래로,

왕관 모양으로 솟은 어느 산꼭대기에

자기의 중심을 둔 채

그 넓고 둥근 테두리의 광휘는

부드러운 휘장을 두른 모습으로 떨어져 내린다.

작은 마을들 위로, 회랑들 위로,

그것들이 어디에 자리하고 있건

낯선 숲들 위로, 바다 위로,

날개를 펼쳐 날고 있는 정령들 위로,

모든 졸리운 것들 위로 내려온다.

그리하여 빛의 미로 안으로

그 모두를 완전히 묻어버린다.

그러고 나면 잠에 대한 그것들의 열정은

얼마나 깊은지! 아, 얼마나 깊은지!

아침이 되어 그들이 일어날 때

저 달빛 내려앉은 덮개는

저들이 힘차게 움직일 때 일어나는

태풍과 함께 하늘로

솟구쳐 오른다, 거의 모든 것처럼,

혹은 한 마리의 노란 앨버트로스처럼.

저들은 달을 더 이상

이전과 같은 목적으로는

사용하지 않는다.

말하자면 내가 사치스럽다고 여긴

덮개 천막 용도로는 더 이상.

그러나 달의 원자들은

소나기로 흩어지고,

지상의 저 나비들은

하늘을 추구하다가 그렇게 다시 내려오면서

(결코 만족을 모르는 것들!)

그들의 떨리는 날개에

달 원자의 한 표본을 싣고 왔어라.

홀로[97]

어린 시절부터 나는 다른 사람들과

같지 않았으니, 다른 이들이 보는 대로

보지 않았고, 공동의 샘으로부터

내 열정을 길어낼 수 없었다.

그 똑같은 원천으로부터 나의 슬픔을

얻을 수 없었고, 똑같은 곡조에

내 마음이 즐겁게 깨어날 수 없었다.

그래서 내가 사랑한 모든 것, 나 홀로 사랑했다.

내 어린 시절 그때,

---

[97] 포 생전에 출판된 적이 없고 포의 지인의 앨범에서 발견된 시이다. 여기서 앨범이란 사진을 붙이는 앨범과 마찬가지의 앨범 속지에 여러 사람이 경구나 시 등 글을 써 넣거나 그림을 그려 넣어 한 사람에게 헌정한 것을 말한다. 포의 당대에 특히 여성들 사이에서 특별히 기념할 만한 일이 있는 친구에게 혹은 집에 초대를 해준 친구에게 우정의 표시나 방문 기념으로 여러 사람이 참여한 앨범을 헌정하는 것이 유행했는데, 포의 시로 추정되는 여러 시들이 여성 지인들의 앨범에서 발견되었다. 앨범에서 발견된 시들은 대체로 제목이 없다. 이 시 역시 제목은 원래 없었고, 현재의 제목은 1877년 포 시를 엮은 편집자 유진 디디에Eugene L. Didier가 처음 붙였다.

가장 극심한 폭풍우 몰아친 한 생애의 여명에,

그 모든 선과 악의 심연으로부터

여전히 나를 감싸는 신비를 이끌어내었다.

그 급물살 혹은 그 샘물로부터,

산의 그 붉은 절벽으로부터,

황금빛으로 물든 가을

내 주변을 돌던 태양으로부터,

나를 스쳐 날아가던

하늘의 번개로부터,

그 천둥과 폭풍우로부터,

그리고 (배경의 '하늘'이 푸른데도)

내 눈에는 악마의 모습을 한

그 구름으로부터.

엘리자베스[98]

엘리자베스, 그대에게 헌정하는 책에

(논리나 보통의 용례가 그렇게 요구하는 것처럼)

그대 이름을 맨 처음 적는 것이 가장 적절할 것이오.[99]

제논[100]과 다른 성자들이 달리 무어라 말하건 간에.

그리고 내가 그렇게 하는 데에는 논박을 사랑하는

나의 타고난 천성 외에도 다른 이유가 있소.

시인이, 만약 한 시인이, '진리'나 '허구'의

나무 그늘에서 시적 영감을 구하면서도

한 가지 가장 중요한 규칙을 무시한다면 그는

자신의 역할을 거의 살피지 않은 것이고, 아무것도

---

98 포의 사촌 엘리자베스 리베카의 앨범에서 발견된 시로 제목이 없다. '에드거'라고만 서명되어 있는 것이 전부이지만 포의 시로 인정되어 20세기 초부터 시 전집에 실리기 시작했다.

99 물론 이 시는 엘리자베스라는 이름으로 시작하지만, 그 외에도 이 시의 원문에는 그녀의 이름과 성 전체가 각 행의 첫 글자로 숨겨져 있다. 영어 원문의 각 행 첫 글자를 수직으로 연결하면 'Elizabeth Rebecca'라는 이름이 완성된다.

100 그리스의 철학자.

읽지 않은 것이고, 읽은 것보다도 더 적게 쓴 것이고,
한마디로, 영혼도 분별도 기교도 없는 바보라오.
그 학파, 그 이교적인 그리스 이름은 잊어버렸는데
(뭐라고 불리건 그 의미는 똑같지만)
그 학파의 논제로도 활용된 다음과 같은 규칙 말이오.
"항상 마음속에서 맨 처음 떠오르는 것을 먼저 쓰라."

해 설

꿈꾸는 자와 자각몽의 미학
—에드거 앨런 포의 시와 작법론

손나리(서울시립대학교 객원교수)

I

모호성의 역설

포 당대의 시인이자 비평가 제임스 러셀 로웰은 포 작품에서 "천재"의 "힘"을 인식하지 못할 사람은 없다고 하면서도 그 천재성의 내용이 "무엇인지"는 누구도 정확히 알 수 없다고 말한다. 또 다른 19세기 미국 낭만주의 시인 월트 휘트먼은 포의 시가 독자를 끌어당기는 "형언할 수 없는 자성"이 있지만 "전기 조명"처럼 "찬란하고 눈부실" 뿐 뜨거운 "열"이 없다고 말함으로써 형식미에 비해 주제의 깊이를 의심한다. 한편, 현대의 비평가 토머스 라이트는 포의 시가 모호하다는 것을 인정하면서도, 그 '모호성'이 시의 힘을 감소시키기보다는 오히려 강화시킨다고 평가한다. 포의 시에 대한 이러한 반응들은 의심, 비판 혹은 찬사라고 하는 의도의 차이와 상관없이 포의 시의 핵심적 특징들을 포착한다. 포의 시들은 흔히 주제와 의미를 쉽게 포착할 수 없는 특성을 지니면서도 생생한 이미지와 미묘한 암시성 그리고 음악적 소리와 리듬이 만들어내는 정서가 독자를 종종 최면적으로 끌어당겨, 콜리지의 용어를 빌리자면 "기꺼운 의심의 중지" 상태로 만들기 때문이다. 또한, 이러한 비평적 반응들은 포가 이론화한 미학적 개념들을 포의 시의 이해를 위해 적절히 환기할 수 있게 도와준다. 〈작법의 철학〉, 〈시의 원리〉, 〈이야기 쓰기—너새니얼 호손〉 등 포의 작법론 산문들은 한결같이 창작의 지향점으로 '진리'나 '교훈'이 아닌 '예술적 효과'를 강조하였고, 그 '효과'를 방해하지 않기 위해 시의 상징성이나 암시성은 전면에 나서지 않고 미묘한 "저류"로 흘러야 한다고 말한다. 그리고 〈B씨에게 보내는 편지〉에서 밝힌 포의 시론에 따르면 시적 정서는 "불명료한 즐거움"을 주는 것으로 정의된다. 그리고 무엇보다도 이러한 비평적 반응들은 포가 탐구한 주제들을 역설적이게도 오히려 드러내는 측면이 있다. 포가 다루려고 한 시적 주제의 한 핵심에는 우주와 자연과 인간 속의 아름답고도 어둡고 부조리한 영역, 특히 언어의 질서 안으로 명료히 포착되기 어려운 꿈과 환상을 오가는 비합리적인 영역에 대한 지속적인 천착이 있기 때문이다.

전기적 접근을 넘어 자의식적인 미학 읽기

포가 시, 단편, 비평의 영역을 아우르며 창작과 창작론 쓰기를 부단히 병행한 작가였음을 기억하는 것이 그의 시를 이해하는 데에 도움이 된다. 특히, 포의 경우 생애의 불운을 둘러싼 전설들이 문학적 신화를 이루다 보니 포의 시를 천재적인 광인 혹은 불행한 순수주의자의 우울한 내적 독백으로 읽는 평단과 대중의 무수한 전기적인 독해가 많았는데, 이러한 읽기는 포의 주제에 접근하는 길을 일정 정도 열어주면서도 포가 실험한 시들의 극적 성격과 아이러니 등을 충분히 포착하는 데에 방해가 된다. 그리고 이러한 전기적 접근이 포의 시 세계를 시인 자신의 현실 도피의 세계로 비판하는 비평들에도 일조해왔다. 사실 시인이라는 존재가 시적 영감에 고무되어 '격정'의 언어를 토로하는 존재가 아님을 선언한 것이 포 자신이다. 즉 포는 의도한 '효과'에 따라 치밀하게 시 세계를 구축하는 '자의식적인 창작자'라는 개념을 〈작법의 철학〉과 〈시의 원리〉 등에서 제시한, 시대를 앞서간 현대적인 시인이자 이론가라는 것을 기억할 때 그의 시는 전기적인 접근을 넘어 해석의 지평이 확장될 여지가 많다. 이러한 관점에서 포의 시들을 살펴보면 그의 시 세계는 꿈과 현실, 의식과 무의식, 낮과 밤, 아름다움과 두려움, 죽음과 삶, 열정과 광기 등의 경계 지대에서 끊임없이 재현이 무력해지는 모호한 인식을 탐색하고 있으며, 포는 그 모호한 경계 지대를 형상화할 수 있는 이른바 '자각몽'적이라 할 자의식적인 미학을 작동시켰음을 알 수 있다. 즉 그의 시는 슬픔, 우울, 고통, 강박, 두려움이 깃든 비극적인 아름다움을 탐색하면서 그것을 환상과 무의식과 죽음의 언저리까지 밀고 감으로써, '꿈'으로 통칭할 수 있을 '미지'와의 경계에 있는 모호한 영역을 형상화하는데, 그 형상화를 위하여 꿈꾸는 자와 그 꿈을 관찰하고 조종하는 자가 공존하는 일련의 미학적 과정을 수행하는 것으로 볼 수 있다. 이렇게 볼 때 포의 시들은 서정성에 한정되지 않는 시들이 많으며, 그 경계 지대의 혼돈과 모호함과 불안정함이 최면적인 음악성의 도움을 받으면서 종종 극적 성격으로 통어되는 시 세계로 드러난다.

꿈과 무의식의 탐구

의식과 무의식의 경계 지대에서 펼쳐지는 꿈의 드라마를 그려냄으로써 무의식을 탐색하는 대표적인 시는 〈꿈나라〉와 〈울랄름―발라드〉이다. 〈꿈나라〉는 우리의 꿈들이 그러하듯 시작을 알 수 없는 꿈의 서사 어느 중간에서 시작되고, 화자가 꿈에서 막 깨어나는 듯한 지점에서 끝이 난다. 꿈꾸는 자는 '공간과 시간을 벗어난 숭엄한' 곳, 즉 무의식의 회로를 따라 꿈속의 풍경에 도달한다. 그는 "나쁜 천사들에 사로잡혀" "어두침침하고 외로운 길을 따라" 헤매다 그곳에 도달하여, 현실에서는 "어떤 인간도 발견할 수 없는 모양"을 한 무의식의 풍경들을 본다. 산들은 "기슭도 없는 바닷속으로/ 끊임없이 쓰러져 들어가[고]" 바다는 "초조한 열망으로 파도를 굽이치며/ 불타는 하늘로 올라가[며]" 호수는 "쓸쓸하고 죽어 있는/ 고요한 물결을 끝없이 펼[친다]." 마치 컴퓨터 그래픽으로 형상화된 유동적 이미지를 보는 듯한 초현실의 세계가 생생하게 그려지고, 시작과 끝의 경계가 없는 듯한 풍경은 이 세계가 의식과 무의식의 경계가 느슨하게 허물어져 내리는 영역임을 환기한다. 화자는 여기서 "과거의 기억들"과 죽은 자들을 본다. "스쳐 지나며 놀래키고 한숨짓는/ 수의에 싸인 형체들"을 보면서 "간담 서늘해지고", "오래전 고통 속에 죽[은]" "친구들의 형상"을 본다. 상실의 상처는 무의식의 영역에서는 결코 지워지지 않고 되돌아와 마치 죽음 이후의 세계를 보는 듯한 환상으로 체험되는 것이다. 이 영역은 화자의 "어두운" 영혼에게 두려움과 함께 "위안을 주는 곳"이지만, 그곳의 진실은 오로지 "컴컴한 유리"를 통해서만 볼 수 있을 뿐 우리 "연약한 인간의 눈에는" 제대로 드러나지 않는 "신비"로 그려진다.

〈울랄름─발라드〉에서도 현실에 존재하지 않는 낯선 이름의 지명들로 묘사되는 또 다른 꿈의 풍경이 그려진다. 그 꿈의 풍경 안을 헤매는 화자가 부지불식간에 죽은 연인의 무덤에 다다르고 마는 플롯을 통해 무의식의 트라우마가 되돌아오는 드라마가 이 시에서는 한층 더 두드러진다. 영혼 프시케와 화자와의 대화가 등장하기에 〈꿈나라〉에 비해 다소 우화적인 측면은 있지만 그런 설정이 이 시의 낯설고 기이하고 초현실적인 분위기를 흩뜨리지는 않는다. 오히려 대화는 이 시에서 상실의 트라우마가 그것에 대한 자기 부정, 둔감, 혹은 인식의 지연이라는 형태로 무의식 속에 자리하면서 역설적으로 그 고통의 깊이를 드러내는 과정을 효과적으로 보여준다. 이 시의 주인공은 "심장"이 "용암처럼" "신음하며 흘러내리는" 시절에 프시케와 함께 "잿빛으로" "말라 시들어 있[는]" "악귀 출몰하는" "안개 낀" 호숫가의 숲에서 "사이프러스 우거진 길"을 따라 돌아다닌다. 시인은 죽음과 고통을 상징하는 이미지와 프시케와의 대화를 통해 어떤 고통스러운 진실이 이 '꿈꾸는 자'의 의식을 지배하고 있다는 여러 단서를 주지만, 정작 꿈속의 그는 자신이 처한 영혼의 곤경과 슬픔과 공허감에 무감각한 상태에서 어떤 신비로운 "빛"을 따라 꿈의 여행을 한다. 이 빛을 의심하는 프시케는 "고통스럽게 흐느[끼면서]" 불길한 예감을 말하지만 주인공 화자는 "꿈속에서나 할 소리"라고 일축한다. 즉 이 시는 "울랄름"의 죽음에 대한 슬픔이 그녀를 무의식의 무덤 깊숙이 묻어버린 듯한 망각의 형태로 부정되다가 결국 무덤의 발견이라는 대단원의 사건을 통해 그 끝나지 않은 슬픔에로 어김없이 되돌아오는 자의 의식을 꿈의 설정으로 다룬 것이다. 이 시의 신비로움은, 이 꿈을 관찰하고 기억하는 화자의 현재 의식이 괄호 속에 개입하면서도 꿈 안의 환상적인 배경과 사건 그리고 꿈 안에서의 기억이 생생하게 그려지는 데에서 생겨난다. 그럼으로써 꿈속의 기억은 현실의 기억의 변형으로 암시되고 꿈 안의 사건이 꿈 밖 현실을 암시하는 방식으로 진행된다. 즉 이 시는 꿈을 관찰하는 화자, 꿈속의 화자, 그 화자와 꿈 안에서 대화를 나누는 영혼 프시케를 등장시킴으로써 마치 꿈꾸는 자의 세계를 구조적으로 옮긴 듯한 설정 안에서 무의식의 드라마를 펼치는 것이다. 화자와 프시케를 죽은 연인의 무덤이 상징하는 고통스러운 진실로 인도한 "빛"이 "연옥"의 선한 빛이었는지 "지옥"의 빛이었는지 그 선악의 경계가 모호한 불확실성 속에서 이 꿈의 드라마는 끝이 난다.

꿈이라고 하는 주제는 〈꿈속의 꿈〉, 〈꿈들〉, 〈꿈〉 등 포의 많은 시에서 중요한 모티브가 되며 의식과 무의식에 대한, 혹은 그 경계를 넘나드는 듯한 시적 상상력에 대한 탐구의 성격을 지닌다. 그래서 〈꿈들〉에서 포는 "삶을 생생하게 채색"하는 꿈은 "덧없고 그림자같이 몽롱한/ 환상과 현실의 경계를 오가는 투쟁과도 같[다]"고 말하고, "꿈이라는 이 주제를 나는 사랑하노라"라고 선언한다.

극적 성격과 아이러니

꿈의 드라마를 그려낸 시들도 초현실적인 공간을 배경으로 일종의 심리적 시간을 내러티브화한 형태이지만, 포의 시에는 특히 극적 성격이 강한 '이야기' 시들이 많다. 우선 유년기의 장시 〈테멀레인〉은 신부에게 마지막 고해를 하는 몽골의 왕의 극적 독백으로 되어 있어, 독자는 이러한 이야기의 설정 안에서 나오는 화자의 목소리, 즉 사랑보다 야망을 택한 왕의 회상과 회한을 듣게 된다. 또 다른 유년기의 서사시 〈알 아라프〉는 비록 서사가 뚜렷하지 않은 채 정서의 흐름을 유려하게 포착한 시로 이해되기도 하지만, 느슨한 형태로나마 이야기의 배경과 구조와 등장인물이 있다. 천국과 지옥의 중간에 있는 별인 알 아라프가 무대이고 그곳의 지배자인 네사시 천사, 침묵의 형태로 네사시와 소통하는 하느님, 알 아라프의 꽃들과 요정들과 천사들, 특히 그 별에 사는 안젤로와 이안테라는 한 쌍의 연인이 등장인물이다. 신의 메시지를 전하러 네사시의 별이 잠시 지구 가까이 오는 사건이 암시되고, 안젤로와 이안테는 사랑하는 이와의 대화 속에 행복한 시간을 갖지만 천국의 구원은 얻지는 못하고 "'존재'가 아닌 것이 되는 잠"과도 같은, "그 어떤 불멸도 없[는]" "종말"로 "추락"한다.

그런데 이렇게 극적 독백 혹은 서사시적 성격이 강한 시들이 아니어도 포의 시들은 서정적 자아의 노래라기보다 극적 상황을 제시하는 시들이 많다. 〈르노어〉는 죽은 연인 르노어의 장례 의식을 거부하는 연인 기 드 베르와 장례식을 주관하는 연장자의 목소리가 교차하는 극적 대화의 형식이다. 그럼으로써 한편으로는 장례식에 참석한 이들의 물질주의적 속물성과 형식적인 장례의 관습에 분노하는 기 드 베르의 말에 독자가 귀를 기울이게 하면서도, 다른 한편으로는 정신의 균형을 잃은 듯한 이 연인의 목소리가 극화됨을 느끼게 한다. 즉 시인은 슬픔 속에 "정신도 못 차리[는]" 연인의 "횡설수설"을 통하여 극적 상황을 제시함으로써, 죽은 연인을 위해 비가가 아니라 "찬가"를 부르겠다고 하는 화자의 논리에 극적 아이러니가 동반되게 하는 것이다. 이러한 포의 설정은 이 시의 초기 시 형태인 〈찬가〉에서도 발견할 수 있다. 〈찬가〉는 대화의 설정이 없는 서정적인 애도가로 보일 수 있으나, "죽은 자에 대한 사랑에 취해 있노라"라고 말하는 이 시의 화자는 죽은 여인의 "화려하고 긴 관을 두드리[는]" 실성한 화자이기에, 애도가를 부르기를 거부하고 죽은 자를 위한 "환희"의 찬가를 부르겠다고 하는 화자의 선언은 그 표면적인 논리에도 불구하고 역설적으로 상실의 고통과 그 비극성을 드러낸다.

  포의 가장 유명한 시 〈까마귀〉는 두말할 나위도 없이 극적 내러티브를 지닌 이야기 시이다. 소리와 리듬의 힘에 이끌려 이 이야기 속으로 빠져든 독자는 어쩌면 이 우울하고도 기괴한 이야기를 말하는 화자를 시인과 동일시하고 싶을지도 모른다. 그러나 포는 이 이야기의 등장인물이 아니라 이 시의 무대 뒤에서 모든 "소도구"들을 활용하여 공연을 지휘하고 있는 "무대 매니저"(《작법의 철학》)이다. 그는 제임스 조이스가 《젊은 예술가의 초상》에서 말한 "보이지 않는 신"처럼 자리를 잡고 이 이야기를 진행시키고 있으며, 혹은 T. S. 엘리엇의 몰개성 이론이 말한 "촉매"로서의 예술가처럼 "상상력"의 "화학적 결합"(《상상력에 대하여》)을 진행시키고 있다. 시인은 독자의 정서에 직접 호소하는 듯한 음악적이고 최면적인 "효과"를 구축함과 동시에, "호화로운 슬픔"에 "자기 고문에 가까[울 정도로]" "광적으로 탐닉하[는]"(《작법의 철학》) 모종의 '광기'의 극적 화자를 창조하고 있는 것이다.

이와 같이 포의 시를 읽으면서 이 시인이 수많은 짧은 '이야기'들의 창작자이기도 하다는 것을 새삼 떠올리게 되는 경우가 많다. 극적 성격이 두드러지지 않는 서정적 화자들도 겉보기보다는 극화된 인물의 성격을 지니는 경우가 많다. 다시 말해서 포는 자신의 화자들과 아이러니를 지닌 거리를 두고 그들을 창조하는 것이다. 〈애너벨 리〉조차도 예외는 아니다. 〈애너벨 리〉는 흔히 시인이 죽은 아내 혹은 그가 사랑한 여인에 대한 회상과 애도를 담은 자전적 시로 읽거나, '젊은 사랑'의 영원함을 노래한 서정시로 읽는다. 그러나 동화적인 리듬과 이미지로 사랑의 순수함을 노래하는 서정적인 표면에도 불구하고, 이 시의 마지막에서 "밤새 물결이 치는" 파도 소리를 들으며 "바닷가 그녀의 바위 무덤 안에" 누워 있는 화자의 이미지는 슬픔과 광기의 경계에서 생겨나는 비극미를 전해주는 적잖이 충격적인 대단원이다. 즉 이 동화적인 분위기의 노래에서 포는 애너벨 리라는 여성에 대한 아름다운 기억과 사랑을 그리기보다, 슬픔이라는 무덤에 '갇힌' 어두운 내면 의식의 시간을 그린 것이다. 실제로 애너벨 리가 이 시에서 살과 피가 있는 여성으로 그려지지 않는 것도 '부재'를 다루는 주제를 강화하는 측면과 함께 이 마지막 비극적 대단원에서 노출되는 화자의 '강박'적인 특징을 예견케 하는 면이 있다.

결혼식을 주제로 한 〈노래〉나 〈결혼식 발라드〉 역시 이른바 삼각관계의 배경을 암시하는 이야기 안의 한 장면을 담아내는 성격이 강하고, 특히 〈노래〉의 경우는 극적 아이러니를 느끼게 할 소지가 많다. 〈노래〉는 〈결혼식 발라드〉와 마찬가지로 불안한 신부의 모습을 그린다고 볼 수 있지만, 다른 한편으로는 신부의 볼에 드러나는 "홍조"에서 행복감을 읽기를 애써 거부하는 화자의 목소리를 극화한 것으로 볼 수도 있기 때문이다. 즉 이 시에서 신부의 홍조를 불행의 징조로 볼 증거는 화자의 질투와 상실감 외에는 어디에도 없기 때문이다.

이와 같이 극적 성격과 아이러니를 통해 서정적 자아의 목소리에서 아이러니를 읽어낼 수 있는 시들은 매우 많다. 이것은 슬픔으로 정신이 황폐해진 의식, 즉 이른바 영혼의 어두운 영역을 포가 탐색한 것과 무관하지 않으며, 그 안에서 모종의 미학적인 아름다움을 시로 구축하려고 한 그의 시론과도 일맥상통하는 면이 있다. 포에게 삶과 우주는, 〈정복자 벌레〉에서 그려진 것처럼, "부조리"하고, 인간이 추구하는 이상의 "환영"은 결코 잡을 수가 없어 우리는 번번이 똑같은 상실의 자리에 되놓인다. 그리고 "〈인간〉이라는 제목의 비극"의 플롯에는 무수한 "광기"와 "죄"와 "공포" 그리고 "죽음"이 있다. 포에게 시란 "천상의 아름다움"을 향한 "갈망"(〈시의 원리〉)이지만 그 아름다움은 상실과 광기와 어두움을 동반하는 비극적인 아름다움일 경우가 많은 것이다. 이를 염두에 두고 그의 시를 살펴보면 서정적인 듯한 화자는 종종 의도적으로 구축된 '인물'일 경우가 많은 것이다.

성장시들과 숭엄한 자연

한편, 포의 시들에는 시적 화자의 과거의 기억 속에 있는 자연의 아름다움과 숭엄함을 노래한 시들이 여러 편 있다. 이 시들은 극적인 성격보다 서정성이 더 강하면서도 '젊은 예술가의 초상'이라 할 예술적 자아의 성장의 이야기를 담아낸다. 이 시들에서 독자는 포의 시를 추동하는 힘의 한 축에 어둡고 매혹적인 자연의 숭엄함과 신비가 있음을 알 수 있다. 그리고 이 시들에서 그려지는 자연 이미지들은 포가 〈시의 원리〉 말미에서 시인에게 "시적인 정서"를 불러 일으키는 것들로 열거한 자연의 이미지들과 상응한다.

〈홀로〉의 화자는 자신이 성장하면서 "홀로" 사랑한 자연의 "신비"를 이야기하고 그것들이 현재의 삶의 정신적 뿌리를 이루고 있음을 이야기한다. 그것들은 다름 아닌 강의 "급물살" "샘물" "산의 붉은 절벽" "황금빛으로 물든 가을/ 내 주변을 돌던 태양" "나를 스쳐 날아가던/ 하늘의 번개" "천둥과 폭풍우" "악마의 모습을 한/ 구름" 등 지금도 "여전히 나를 감싸는 신비"로 그려진다. 여기서 화자가 기억해내는 자연은 아름다움과 두려움을 동시에 주는 숭엄하고 신비로운 자연이다. 초기 시 〈호수〉의 화자도 젊은 날 사랑했던 장소인 고독하고 신비로운 호수를 이야기한다. 그 '고립된 호수'의 아름다움은 "두려움"을 동반하고, 그 호수의 "물결의 심연에 무덤"과 "독성"이 있었지만, 그럼에도 그 자연은 "희열"을 주는 영역이며 쓸쓸하고 고독한 영혼에게는 "에덴"의 아름다움이었다고 말한다.

또 다른 성장시 〈연들〉의 경우 포가 자신의 시론에서 말한 "시적인 정서"를 자연 속에서 탐색하는 듯한 사유가 보이는 시이다. 이 시에도 "대지와 은밀히 교감을 나누는" 인물이 회상 속에 등장한다. 그는 "햇빛 속에서 그리고 아름다움 속에서 대지와 교감"하였으며 "태양과 별에서 점화된" "삶의 횃불"로 "뜨겁게 타오르는" 자였다. 그는 "천체들로부터/ 정열의 빛을, 그의 정신에 그토록 딱 맞는 빛을 이끌어내었[다]." 이 인물은 곧 화자 자신이며, 이 시의 화자는 그 "뜨거운 열기의 시절" "자신을 지배한" 열정이 도대체 무엇인지를 묻는다. 그러나 그것이 '달빛의 조화'일지 혹은 어떤 '마술'과도 같은 것일지 그는 쉬 규정하지 못한다. 그러나 그것은 적어도 우리가 "사랑하는 대상을 향해 눈을 크게 뜨는 것처럼" 인식의 지평을 열어주고, "무감각 속으로" 잠들었던 눈에 "눈물이 흐르기 시작"하도록 일깨우는 무엇이다. "매시간 우리 앞에 놓여 있는 흔한 것"이면서도 어떤 특정한 순간에 우리의 잠든 의식을 "깨우려고 애쓰는 그 무엇"인 것이다. 이것은 포가 〈시의 원리〉에서 말한 "시적인 정서"에 다름 아니다. 이 시의 화자는 그것을 "다른 세계에 존재하는 것들의 상징 [혹은] 증표"를 "신이 미美의 형태로 주시는 것"이라고 이해하고 또 이를 "스스로의 깊은 감정"으로 "'신앙'이라기보다 어떤 신성과 투쟁해온" 정신이 얻을 수 있는 아름다움이라고 정의 내린다. 즉 포의 시와 시학에서 숭엄한 자연의 아름다움에 감응하며 느끼는 "다른 세계"는 종교와는 또 다른 '신성'인 것이다.

삶과 죽음의 경계 지대

꿈과 무의식의 세계를 탐구하며 현실과 환상이 교차하는 세계를 그려내는 포의 시들은 종종 삶과 죽음이 서로 넘나드는 세계를 그려내기도 한다. 예를 들어 〈애니를 위한 시〉는 마치 자기 자신의 육체를 임종하는 듯한 의식 상태가 전개된다. 이 시는 "마침내"

"고비"를 넘겨 "열"이 가라앉고 회복기로 접어든 환자의 목소리처럼 시작되지만, 화자의 의식 안에서 삶과 죽음, 열병과 회복의 가치는 전도되어 화자의 역설의 논리는 삶과 죽음의 경계 지대의 긴장을 낳는다. 화자가 "마침내" 극복한 병은 다름 아닌 "'살아가기'라고 불리는 그 열병"이었고, 이 병으로부터의 회복은 곧 삶을 향한 "갈증"과 욕망이 "가라앉[은]" 상태를 의미하는 역설로 화자의 의식은 점철되기 때문이다. 즉 그는 고통이 잠재워진 평화와 고요를 이야기하지만 그가 잠재운 것은 실은 '삶'이다. 특히, 자신을 보살펴 준 애니의 "천국 같은" 품에서 "깊은 잠으로 빠져"드는 대목, 그래서, "빛이 꺼지[고]", 애니가 화자를 위해 "천사들에게 기도"한다고 말하는 대목에서부터는 화자의 목소리가 '어쩌면 갓 죽은' 육체와 분리된 영혼의 목소리처럼 들린다.

〈죽은 자의 영혼들〉에서는 안개 낀 언덕의 풍경 안에 갓 죽은 자의 영혼이 목도하게 될 죽음 후의 풍경이 중첩되는 것을 보는 명상의 목소리가 등장한다. 화자는 미풍 속에 "신의 숨결"을 느끼고, 자욱한 안개 속에 삶의 영역을 넘어선 다른 세계의 "상징"과 "증표"를 보고 그 경계 지대에서 "죽은 자들의 영혼"을 보는 듯하다. 초기 시 〈바닷속 도시〉도 죽음에 대한 명상을 담아낸 시로, 포의 상상력은 수장된 도시의 초현실적인 풍경으로 죽음과 지옥을 그려낸다. 이 죽음의 도시는 장엄하면서도 숨 막히도록 정적이고 우울한 모습으로 바닷속에 잠겨 있다가, 그 바다의 심연으로 가라앉으면서 수천 개의 "지옥"의 왕좌로부터 경배를 받는다.

헌정시들 외

이외에 포의 시들에는 제목이 '~에게'의 형식을 띤 여러 헌정시들이 있다. 그들 중 어떤 것은 문학적인 목적보다 우정의 목적이 앞선 작품들이고 또 숨은 이름 찾기의 위트를 부린 수수께끼 시들(《엘리자베스》, 〈밸런타인 연가〉, 〈수수께끼〉)도 있다. 그런데 포의 헌정시들은 대부분 여성에게 바친 것이고 많은 경우 이 시적 대상으로서의 여성은 포가 추구하는 '미'의 상징이 되거나, 존경과 숭배의 대상, 혹은 더 나아가 신과 같은 신앙의 대상이 된다. 그렇기 때문에 〈애너벨 리〉에서와 마찬가지로 포의 시에서 여성들의 이미지는 구체적이지도 현실적이지도 않다. 아마도 포의 시에서 여성의 이미지가 뼈와 살이 있는 듯한 살아 있는 모습으로 그려지는 것은 〈잠자는 이〉의 마지막에 등장하는 소녀의 이미지뿐일 것이다. 이 시에는 납골묘의 문에 "장난스레 수없이 돌을 던져대[며]" 그 소리의 메아리가 "죽은 자들이 문 안에서 내는 신음이라고 오싹해[하는]" 호기심 많은 어린 소녀의 생기 있는 이미지가 등장하여 죽어 "잠든" 현재의 그녀와 효과적으로 대비를 이루는데, 다른 시들에서는 찾아보기 힘든 이미지이다. 즉 포의 대부분의 시들, 특히 헌정시들에서 여성들은 미와 덕이라고 하는 이상을 상징하거나, 신의 영역에 가까운 성스러운 존재들로 그려진다. 이런 시들에서는 아이러니와 극적 성격은 잘 보이지 않으며 포의 목소리와 화자의 목소리 사이의 거리는 매우 가까워 보인다. 그중 마리 루이스 슈에게 헌정된 두 편의 시 〈M. L. S.에게〉와 〈――에게〉는 포가 〈시의 원리〉에서 밝힌 '아름다움'이라는 이상 혹은 '영혼의 고양'이라는 미학적인 추구가 모종의 인간성의 숭고화라는 이상과 맞닿아 있음을 짐작할 수 있게 한다.

〈M. L. S.에게〉에서는 포의 시에 빈번히 등장하는 부재와 상실의 드라마, 그리고 역설과 아이러니는 잘 보이지 않는다. 병든 아내와 포 자신을 돌보아준 루이스 슈에 대한 감사의 마음을 담은 이 시에서 포는 그녀를 지극한 숭배의 대상이자 성스러운 존재로 그린다. 이 시의 화자는 "슬피 울며 매시간마다 [그녀를] 축복함으로써 삶의 희망을 구하[고]" 그녀를 통하여 "진실, 가치, 인간성에 대한/ 깊이 파묻혀버린 믿음의 소생을 구[한다]." 그녀가 마치 천지를 창조한 신처럼 "빛이 있으라!"라고 외치면 그 뜻이 "그대로 이루어져" "절망에 빠져 신앙 없는 침상에서 죽어가[던]" 사람들이 마치 나사로처럼 "벌떡 일어[난다]." 그녀의 시선은 "천사같이 거룩하[며]," 그녀는 은혜 입은 자들의 "감사의 마음이 거의/ 숭배에 가까워[진]" 존재이다. 〈낙원에 있는 이에게〉와 후기 시 〈헬렌에게〉 등 포의 다른 많은 애도시에서 여성은 상실된 '천상의 아름다움'을 상징하는 경우가 많고 또 그러한 세계에 대한 채워질 수 없는 갈망을 환기하는 절대적인 '부재'의 상징으로 종종 등장한다면, 이 시 〈M. L. S.에게〉의 여성은 추구해야 할 어떤 고결한 인간성의 상징으로 그려지는 것이다. 포는 그녀에게 "이 보잘것없는 시를" 바친다고 말함으로써 화자와 자신과의 거리를 좁히고, 그럼으로써 그가 추구하는 미적 이상에 숭고한 인간성에 대한 추구가 배어 있으리라는 것을 감지하게 한다. 물론 살아 있는 여성을 신격화하는 논리가 오늘날의 관점에서 포가 의도하지 않았을 수 있는 아이러니를 낳는 면은 배제하지 않더라도 말이다.

마리 루이스에게 바친 또 한 편의 시 〈——에게〉는 헌정시로서의 성격과 별개로, 언어와 논리로 포괄할 수 없는 세계를 담아내려고 한 포의 미학적 노력과 관련된 사유를 엿볼 수 있는 시이기도 하다. 화자는 "말의 힘" 안에 담길 수 없는 "생각이 아닌 것 같은 생각들—생각의 혼들" 즉 천상의 음악으로도 표현하기 어려운 "더 풍부하고,/ 더 격렬하고, 더 성스러운 환상들"을 이야기한다. 그것은 "손에서 펜이 힘없이 떨어지[게 하는]" 언어를 넘어선 영역이다. 화자는 그 세계는 그저 '꿈의 문지방', 즉 현실과 꿈의 경계에서 바라보는 풍경으로 시각화할 수 있을 뿐이라고 말한다.

마지막으로, 포 시의 음악성으로 특히 기억되는 시 중 〈종들〉을 언급할 수 있겠다. 의성어와 리듬의 힘 그리고 종소리가 울려 퍼지는 듯한 시행의 모양을 활용하여, 여러 다른 음색의 종들이 울려 대는 소리와 그 소리가 불러일으키는 여러 다른 정서를 담아내려고 한 시이다. 어린 시절의 해맑은 즐거움과도 같은 썰매의 은종 소리, 결혼의 축복을 알리는 금종, 위험을 알리는 경종, 죽음을 알리는 조종의 순으로 종소리를 인생의 여러 국면과 연결시켰다. 이런 시는 극적 성격을 지닌 이야기 시들이나 자연을 묘사한 시들 그리고 여러 헌정시들과는 성격이 다르지만, 금속이 만들어내는 물리적인 '소리'에 대한 감응을 통해 인생의 드라마를 음악적으로 그리고 상징적으로 그려낸 한 시도라고 할 수 있다.

II

포의 작법론 에세이들은 그 자체로 시 창작과 단편 창작의 이론을 시대를 앞서 제시한 의의가 있을 뿐 아니라, 포의 많은 시들의 내러티브로서의 성격, 상징성, 아이러니, 주제, 그리고 궁극적으로 포의 시 창작의 핵심적 충동 등을 이해하는 데에 도움을 준다. 그의 시들은 자신의 시학적 방법론의 실천이기도 하고, 또 그의 시론의 개념이 서정적 상징성 혹은 회화적 이미지의 외양을 띠고 시의 주제로 다루어지기도 하기 때문이다. 포는 시 쓰기뿐 아니라 모든 글쓰기에서 그 방법론에 매우 자의식적인 작가였음을 염두에 두면서, 포의 대표적인 작법론 산문들을 간단히 정리해보자.

〈작법의 철학〉

가장 유명한 산문인 〈작법의 철학〉에서 포는 자신의 시 〈까마귀〉의 예시를 들어 시 창작 과정을 단계별로 보여주는 방식으로 자신의 시 이론을 개진한다. 모든 허구 창작은 독창성을 추구하되, 플롯의 맨 마지막 대단원을 정하고 시작되어야 한다고 포는 전제한다. 사건의 얼개를 먼저 구성하는 것이 아니라 하나의 "효과"를 먼저 확정한 후에, 그 효과를 가장 잘 드러내는 방식으로 사건, 배경, 주제, 소리 등의 디테일을 구성해야 한다. 시의 분량은 지나치게 짧아서도 안 되지만 효과의 통일성을 확보하기 위해서 "한 번 앉은자리에서 다 읽을 수 있는" 분량을 넘어서면 안 된다. 시가 추구하는 예술적 효과는 "영혼을 고양시키는" "깊은 흥분"인데 이것은 장시에서는 지속될 수 없기 때문이다. 포에 따르면 장시는 엄밀히 말해 "짧은 시적 효과"들이 단속적으로 이어진 것일 뿐이다. 또한 "영혼의 고양"은 "아름다움"에 대한 숙고를 통해 가장 잘 이루어지기에 시는 "아름다움"을 구현해야 한다. 그리고 아름다움을 최고로 구현하는 어조는 슬픔 혹은 "우울함"이고, 지상에서 "가장 우울한 주제"는 죽음이기에, 죽음이 아름다움과 결합한 주제 즉 "아름다운 여인의 죽음"이 "이 세상에서 가장 시적인 주제"라는 결론에 이른다. 이리하여 포는 자신이 구상한 시적 효과가 최대로 구현된 대단원을 구상한 지점에서 〈까마귀〉의 창작에 착수한다.

포는 〈까마귀〉의 화자를 "슬픔"에 대한 "자기 고문에 가까운 탐닉이 극한에 이[른]" 화자로 냉철하게 규정한다. 즉 이 시의 화자의 정서는 관객이 공감할 수도 거리 두기를 할 수도 있는 극적 세팅 안에서 전개되는 것이다. 포는 마지막에서 "결코 끝나지 않는 구슬픈 애도"라고 하는 까마귀의 상징성이 이야기의 "저류"로 흐르도록 시를 마무리하였음을 또한 말한다. 이러한 치밀하게 자의식적인 창작 과정의 제시는 창작 이론으로서의 의의와 함께, 포의 시들을 서정성에 국한하여 읽지 않고 극적 성격에서 생기는 역설과 아이러니, 그리고 모호한 형태로 의미의 저류를 형성하는 주제 등에 보다 기민하게 접근하도록 이끄는 참조점이 된다.

〈시의 원리〉

가장 포괄적으로 '시란 무엇인가'를 제시한 산문이 〈시의 원리〉이다. 포는 시를 넓은 의미에서 "천상의 미를 향한 인간의 갈망"으로 규정하고, 시인의 사명은 그저 삶 속의 다양한 형상, 소리, 향기, 정취를 충실히 묘사해내는 것을 넘어 "영원성과 관련이 될 듯한 아름다움의 한몫"이라도 얻으려고 "분투"하는 것이라고 말한다. "영혼을 고양시키는 흥분" 속에서 경험되는 시적 정서는 음악에서 가장 잘 성취되며, 언어에 한정된 시의 의미는 음악적인 "리듬이 실린 아름다움의 창조"라고 말한다. 이때 시가 추구하는 아름다움은 진리와는 다른 것으로 "교훈주의"는 시의 "이단"으로 배격해야 하고 "시 자체를 위해서 쓴 시"만이 가장 온전하고 품위 있고 숭고한 시라고 포는 주장한다. 또한 〈작법의 철학〉에서 제시한 시의 분량에 관한 이론은 다시 한 번 강조된다. 즉 시는 부적절하게 너무 짧아서도 안 되지만, 시적 흥분은 일시적이므로 시는 한 번 앉은자리에서 다 읽을 수 있는 분량이어야 한다. 이 산문의 마지막에서 포는 "시인의 내면에 시적 효과를 불러일으키는 소박한 것들"의 예를 제시하는데, 자연 속의 수많은 신비롭고 숭엄한 이미지들, 인간의 내면에서 일어나는 고결한 생각과 느낌들, 그리고 사랑하는 이가 주는 감동의 이미지들이 열거된다.

포가 〈시의 원리〉에서 제시한 시의 정의와 시인의 사명에 대한 규정은 포 시의 여러 이미지들이 무엇을 의미하는지를 이해하는 데 도움을 준다. 이를테면 〈요정의 나라〉에서, 달빛 비치는 밤의 신비 속에서 "하늘을 추구하다가 결국 [땅으로] 내려오면서" 겨우 "달 원자의 한 표본"을 "떨리는 날개"에 싣고 오는 "지상의 나비"가 그려진다. 이것은 〈시의 원리〉에서 제시된 "시"의 정의 즉 천상의 아름다움을 향한 갈망, 혹은 영원의 어느 한 조각이라도 얻으려 하는 "별을 향한 나방의 갈망"을 주제화한 것에 다름 아니다. 또한 그가 시적인 효과를 불러일으키는 아름다움의 예로서 제시한 자연의 이미지들은 포의 여러 시들에 등장하는 숭엄한 자연의 모습과 맥이 닿는다.

〈B씨에게 보내는 편지〉

〈B씨에게 보내는 편지〉는 포가 "형이상학적 시인들"이라고 명명한 당대 낭만주의 시인들에 대한 비판으로, 워즈워스의 이른바 "교훈주의"에 대한 공격이 주를 이룬다. 포는 우리 삶의 모든 영역의 목적은 행복이고, 교훈은 행복의 수단에 불과하다고 단언한다. 그렇기에 마치 그 수단이 궁극적인 목적인 양 독자를 "설득"하려고 하는 문학에 반대한다. 포는 시의 목적이 진리가 아니라 "행복" 즉 "즐거움"이고, 시는 모종의 "불명확한" 즐거움을 추구한다고 말한다. 이러한 시론은 포 시의 모호함의 요소들을 이해하는 데에 단서를 주는 면이 있다. 즉 의미의 또렷함이 전면에 나서는 것은 시가 아닌 것이다. 이러한 관점은 〈영혼의 베일〉과 〈이야기 쓰기―너새니얼 호손〉에서도 드러난다.

〈영혼의 베일〉

포의 짧은 방주[101] 〈영혼의 베일〉에서 포는 예술을 "오감이 자연 안에서 영혼의 베일을 통하여 지각한 것의 재현"이라고 정의한다. 그는 그러한 "베일"을 걸치지 않은 "적나라한 오감"은 "지나치게 적게 보[거나]" "지나치게 많이 본다"고 하면서 사실적 재현과 거리를 둔다. 이러한 예술관을 포의 시 읽기에 적용하면 포는 시적 제재를 "영혼의 베일", 즉 상상력의 "베일"이라고 하는 역설적인 렌즈를 통해 다룬다고 말할 수 있다. 더 흐리게 보거나 더 많이 보거나 다르게 보는 이 렌즈로 언어와 논리를 넘어서는, 베일에 가린 듯한 불명료한 영역까지 풍요롭게 포괄하는 예술적 작업을 추구하였다고 볼 수 있기 때문이다. 이 베일은 우리가 '무'로 인지하는 부재와 침묵 혹은 쉬 언어화되지 않아 '부재하는 듯한' 영역을 '존재'로서 인식할 수 있게 하는 렌즈이다. 그런 의미에서 이 방주는 포의 시의 모호성의 특징, 즉 현실과 환상의 경계를 넘나드는 시적 세계의 특징이 하나의 효과이자 동시에 시가 적극적으로 다룬 미학적인

---

[101] 포는 자신의 단편적인 글들을 몇 차례 모아서 여러 잡지에 발표하였는데 이러한 글들을 방주Marginalia라고 부른다. 개개의 글에는 원래는 별도의 제목은 없고 학자들이 분류하여 붙인 번호가 있는데, 이 책에 소개된 산문 중 〈영혼의 베일〉은 방주 8번이고 〈상상력에 대하여〉는 방주 220번에 해당한다. 이 제목들은 데이비드 갤러웨이David Galloway가 임의로 붙인 제목을 따른 것이다.

제재이고 주제임을 이해할 수 있도록 참조점이 된다.

〈이야기 쓰기―너새니얼 호손〉

〈이야기 쓰기―너새니얼 호손〉은 호손에 대한 평문으로서의 의의도 있지만 단편 쓰기라는 장르의 이론을 정초한 글로 평가받는다. 시적인 독창성보다는 한 단계 낮은, 그러나 여전히 수준 높은 독창성이 발휘될 수 있는 장르가 바로 한 번 앉은자리에서 다 읽을 수 있는 길이의 짧은 이야기 쓰기라고 포는 제안한다. 길이의 제한은 효과의 통일성을 위한 것이고 일반적인 소설의 길이는 이러한 효과의 통일성을 확보할 수가 없다. 이야기를 쓸 때 작가는 "특정한 단일 효과"를 만들어낼 목적을 확립한 후 그에 맞게 사건과 어조를 만들어내어야 하고, "미리 정해놓은 목적을 향하지 않는 단어가 단 하나라도 있어서는 안 된다"는 것이다. 그렇기에 포는, 가장 중요한 요소인 "효과"를 방해하는 알레고리를 호손이 과용한 것이 그의 수많은 우수성에도 불구하고 결정적인 흠이 된다고 보았다. 허구의 이야기에서 암시성은 상층의 표면을 방해하지 않는 "심오한 저류"로 흘러야 하는 법인데, 알레고리는 그 저류에 머무르지 않고 전면에 나섬으로써 허구의 이야기가 "실제로 있을 법하다"는 느낌 혹은 "효과"에 치명적인 손상을 입힌다는 것이다.

〈비평가들과 비평에 대하여〉

〈비평가들과 비평에 대하여〉는 시론도 단편론도 아닌 비평 쓰기에 대한 글로, 포가 장르를 불문하고 글쓰기의 구체적인 방법론에 얼마나 세세하게 주의를 기울이는지를 단적으로 알 수 있는 예이다. 포는 비평이 칭찬 일색의 "송덕문"이 되어서는 안 되고, 오히려 작품의 결점을 지적함으로써 그 작품이 문학 전반의 가치에 기여하려면 어떻게 개선될 수 있는지를 보여주어야 한다고 말한다. 그는 당대 영국 최고의 비평가 매콜리의 비평의 우수성을 이야기하면서도, 완벽하다고 평가받은 매콜리 비평문의 일부를 인용하여 결점들을 지적하고 자신의 개작본을 제시한다. 그는 단어 선택, 단어의 위치, 문장의 구조의 균형, 간결하지 못한 군더더기, 어색한 수동태, 그리고 영어적 어원을 지닌 단어를 놔두고 라틴어 어원의 단어를 선택한 것 등 매콜리 글의 흠을 꼼꼼히 지적한다. 또한 대영제국의 문화적 식민지라는 미국 문학의 상황이 비평의 공정함을 흐려, 영국 문인의 우수성을 과장하고 미국 문인들을 부당하게 평가한다고 지적하면서, 미국 비평가가 극찬한 영국 시인 엘리자베스 배럿 브라우닝의 시 일부에서 나타난 결함을 이미지의 부자연스러움을 중심으로 지적하고 자신의 개작본을 제시한다.

〈상상력에 대하여〉

또 다른 방주 〈상상력에 대하여〉에서 포는 "상상력의 영역은 무한대"이며 "심지어 추함으로부터도 상상력은 자신의 유일한 목적이자 필수불가결한 시금석인 아름다움을 만들어낸다"고 말한다. 상상력에 의해 재료가 "완전한 화학적 결합"처럼 이루어져 새로운 무엇이 조화롭게 창조되었을 때, 그것은 너무도 "당연한" 듯한 보편성을 일시에 지닐 수 있음을 또한 말한다. 상상력의 재료에 미추의 구분이 없음을 표명한 것은 포의 시와 단편이 아름답고 숭엄하고 신비로운 것은 물론 기괴하고 섬뜩한 소재들을 아우르는 것을 설명해준다.

III

포에 대한 이해와 평가는 현재형이다. 특히 포의 시 세계는 서두의 평자들이 말한 것처럼 여전히 명확히 규정하기 어려운 것이 사실이다. 그러나 영화, 소설, 뮤지컬, 음악 등 대중문화 속에 끊임없이 영감을 주는 그의 위상이 시사해주듯이, 포가 오늘날 현대 과학 물질문명의 빛과 그림자 속에 방황하고 의문을 제기하는 우리의 현대성과 현재성에 호소하는 힘을 지닌 것은 분명하다. 유한한 인간이면서도 '영원의 한 조각'이라도 얻으려 하고, 지상의 존재이면서도 천상의 '이스라펠'의 음악을 들으려고 하고, 상실과 박탈과 '부재'의 심연에서 자기 내면과 우주에 대한 '미지'의 앎을 얻으려 필사적으로 애쓰는 것이 포의 시 세계이다. 과학과 물질은 물론 의무와 규율보다 '아름다움'을 더 높은 차원의 가치로 꿈꾸고 추구함으로써 인간의 '영혼을 고양'하려는 욕구가 포 시 세계의 한 핵심적인 충동을 이룬다. 이러한 포의 시 세계에는 논리와 언어로 명확히 규정하기 어려운 의식과 무의식, 환상과 현실, 삶과 죽음의 경계 지대의 모호함과 역설과 긴장이 있다. 포는 그러한 경계 지대를 다루기 위해 '꿈꾸는 자'와 '꿈을 관찰하고 창조하는 자'가 공존하는, 어쩌면 '자각몽'이라 이름 붙일 수 있을 미학적 세계를 자의식으로 창조한다. 그리하여 그는 회화적이고 음악적인 서정적 형식과 함께 극적 형식을 함께 구사하여 자신의 제재와의 거리를 유지하면서, 인간성의 보다 숭고하고 아름다운—그가 "천상"이라고 부른—차원을 향한 영혼의 갈증을 깨닫게 하는 시적 정서를 구축한다. 즉 그는 자신이 "영혼의 베일"이라고 부른 상상력의 렌즈, 즉 흐리고 가리고 변형함으로써 '더 많이' 보는 미학적 렌즈로 미추와 빛과 어둠을 아우르며 존재의 비극적 아름다움을 허구로 구축한다. 그리고 그럼으로써 그는 물질과 과학이 종교적 신성을 대체해 온 근대 이후의 세계에서, 인간성을 고결하게 만드는 미학적 '신성'

을 자연과 우주와 인간 내면 속에서 끊임없이 질문하고 추구하고 창조하는 것이다.

에드거 앨런 포 연보

1809   1월 19일 미국 보스턴에서 순회극단 배우 엘리자베스 아놀드 홉킨스 포와 데이비드 포 주니어 사이에서 태어남. 형제자매로는 형 헨리 레너드 포와 여동생 로절리 포가 있음.

1810   데이비드 포가 가정을 버리고 떠남.

1811   엘리자베스 포가 폐결핵으로 사망하고 데이비드 포도 얼마 안 가서 사망. 포와 형, 누이는 각각 흩어지고, 포는 버지니아 주 리치먼드의 부유한 상인 존과 프랜시스 앨런이 데려감. 법적으로 입양된 적은 없지만 이름은 에드거 앨런 포로 바뀜.

1815   존 앨런이 자신의 사업체 '앨런앤드엘리스'의 영국 지부를 내면서 가족이 영국으로 이주. 처음에는 스코틀랜드에서, 후에는 런던에서 학교를 다님. 런던 근교 스토크 뉴잉턴에서 다닌 존 브랜스비 목사의 '매너Manor하우스

		학교'는 훗날 〈윌리엄 윌슨〉에 등장하는 기숙학교의 모델이 됨.
	1820	존의 사업이 성공하지 못하면서 리치먼드로 돌아옴.
	1825	존 앨런의 숙부 윌리엄 갈트가 사망하면서 막대한 유산을 남김.
	1826	2월 버지니아 대학에 입학하여 고대어와 현대어를 공부했지만 도박에 빠져 빚을 지면서 양부와 관계가 소원해짐. 존 앨런이 빚을 갚아주기를 거부하면서 12월 학교를 그만두고 리치먼드로 돌아옴. 대학에서 첫사랑 세라 엘마이라 로이스터에게 보낸 편지들을 엘마이라의 부모가 중간에서 가로챈 바람에 다른 사람과 약혼했다는 것을 알게 됨.
《테멀레인 외 다른 시들》	1827	4월 양부와의 불화로 보스턴으로 감. 실명을 밝히지 않고 '보스턴 사람'이라고만 써서 첫 시집 《테멀레인 외 다른 시들》을 내지만 거의 주목받지 못함. 5월 '에드거 A. 페리'라는 가명으로 나이를 속이고 육군에 입대. 〈황금 벌레〉의 배경인 설리번 섬에서도 잠시 복무함.
	1828	원사 계급까지 승진.
《알 아라프, 테멀레인 외 다른 시들》	1829	2월 양모 프랜시스 앨런 사망. 존이 프랜시스의 상태를 알려주지 않은 탓에 포는 장례가 끝난 후에야 무덤을 찾지만 양모의 죽음을 계기로 잠시 존과 화해함. 존이 군에서 전역해 웨스트포인트 육군사관학교에 들어가

고 싶다는 포를 도와주기로 약속. 4월 군에서 전역. 하지만 존 앨런과의 화해는 오래가지 않았고 포는 5월 볼티모어로 가서 할머니와 형 헨리, 고모 마리아 클렘과 사촌여동생 버지니아와 함께 지내게 됨. 《알 아라프, 테멀레인 외 다른 시들》 출간.

1830 5월 웨스트포인트 육군사관학교 입학. 10월 존 앨런 재혼. 존과 크게 다투고 파양당함.

《시들》 **1831** 1월 군대 생활이 맞지 않다고 일부러 명령에 불복종하고 퇴학당함. 사관학교의 관행과 인물들을 겨냥한 익살스러운 시를 낼 것이라는 기대를 하며 웨스트포인트 동기들이 모아준 돈으로 "미국 사관생도들"에게 헌사를 쓴 《시들》 출간. 3월 볼티모어로 가서 친가 식구들과 함께 생활. 단편 집필 작업을 시작. 8월 형 헨리 사망.

1832 필라델피아의 《새터데이 쿠리어》 공모전에 단편을 냈지만 입상하지는 못함. 〈메첸거슈타인〉, 〈예루살렘 이야기〉, 〈오믈렛 공작〉, 〈봉봉〉, 〈호흡 상실〉 다섯 편의 단편이 처음으로 《새터데이 쿠리어》에 익명으로 실림. 공모전에 제출된 작품을 자사 것으로 여기는 관행에 따라 포에게 동의를 얻거나 고료를 지불한 것은 아니라고 추측됨.

1833 10월 〈병 속의 수기〉가 《볼티모어 새터데이 비지터》 공모전에서 입상. 포의 작품을 마음에 들어한 심사위원 중 하나인 존 P. 케네디의 소개로 훗날 리치먼드의 토머스 화이트

		가 창간한 새 잡지 《서던 리터러리 메신저》에서 일하게 됨.
	1834	3월 존 앨런이 포에게 유산을 전혀 남기지 않고 사망.
	1835	케네디의 소개로 리치먼드로 가서 《서던 리터러리 메신저》의 편집자로 일하기 시작. 10월 고모 마리아 클렘과 사촌 버지니아가 리치먼드로 와서 함께 거주.
	1836	5월 13세인 사촌 버지니아 클렘과 결혼.
	1837	1월 음주 문제와 화이트와의 의견 차로 《서던 리터러리 메신저》를 그만두고 가족들과 함께 뉴욕으로 가지만 편집자 일을 구하지 못함. 마리아 클렘이 하숙집을 운영해 가족의 생계를 꾸림.
《낸터킷의 아서 고든 핌 이야기》	1838	가족과 함께 볼티모어로 감. 7월 《낸터킷의 아서 고든 핌 이야기》 출간. 볼티모어의 《아메리칸 뮤지엄》에 〈라이지아〉, 〈블랙우드식 글쓰기〉, 〈곤경〉을 발표.
《기괴하고 기이한 이야기들》	1839	필라델피아의 《버턴스 젠틀맨스 매거진》의 편집자가 되고 〈윌리엄 윌슨〉, 〈어셔가의 몰락〉 등을 발표. 12월 25편의 단편을 모은 《기괴하고 기이한 이야기들》 출간.
	1840	버턴에게서 해고당함. 필라델피아의 《새터데이 이브닝 포스트》 광고란에 자신의 문예지 《펜》(후에 《스타일러스》로 제목을 바꿈)을

창간하겠다는 계획을 발표하고 여러 가지 노력을 하지만 이 계획은 끝내 실현하지 못함. 〈군중 속의 남자〉 발표.

1841　버턴의 잡지사를 사들여 《그레이엄스 매거진》을 창간했던 그레이엄이 1월 포를 편집자로 앉힘. 4월 호에 〈모르그 가의 살인〉, 〈소용돌이 속으로의 하강〉 발표.

1842　3월 존 타일러 대통령 행정부에서 공직을 얻어보려고 워싱턴 디시에 갔으나 술에 취하는 바람에 기회를 날림. 이 시기에도 창작 활동은 계속하여 〈마리 로제 수수께끼〉, 〈구덩이와 추〉, 〈적사병의 가면극〉 등 단편들을 잡지들에 발표. 1월 버지니아가 처음으로 폐결핵 증세를 보이고 이후 계속 병에 시달림. 포는 절망으로 폭음에 빠져들고 5월 《그레이엄스 매거진》을 그만둠.

1843　〈고자쟁이 심장〉, 〈황금 벌레〉, 〈검은 고양이〉 등 단편들을 《파이오니어》를 위시한 잡지들에 발표.

1844　가족과 함께 뉴욕으로 가서 도시 외곽의 포덤에 정착. 10월 《뉴욕 이브닝 미러》에서 일자리를 구함. 〈도둑맞은 편지〉, 〈타르 박사와 페더 교수 요법〉, 〈생매장〉 발표.

《이야기들》　1845　1월 《이브닝 미러》에서 발표한 〈까마귀〉가 화
《까마귀 외 다른 시들》　　　　제가 되면서 명성을 얻음. 〈까마귀〉를 어떻게 썼는지 설명한 에세이 〈작법의 철학〉을 발표. 2월 《브로드웨이 저널》의 편집자가 되고, 이

잡지에 많은 시와 단편을 발표. 7월 《이야기들》 출간. 10월 《브로드웨이 저널》의 소유권을 얻음. 11월 시집 《까마귀 외 다른 시들》 출간. 롱펠로가 표절을 했다는 고발로 논쟁에 휘말림. 버지니아의 병세가 악화됨. 시인 프랜시스 S. 오스굿과 염문에 휩싸임.

1846 1월 우울증과 재정난으로 《브로드웨이 저널》을 폐간. 《고디스 레이디스 북》 11월 호에 〈아몬티야도 술통〉 발표. 프랑스어 번역판 〈검은 고양이〉를 읽은 보들레르가 포의 작품에 매료되어 훗날 포의 작품들을 번역하면서 프랑스에서 굉장한 인기를 누리게 됨.

1847 1월 버지니아가 24세의 나이에 폐결핵으로 사망. 점점 정신적으로 불안정해짐.

《유레카》 1848 금주 서약을 하고 프로비던스의 시인 세라 헬렌 휘트먼과 약혼하지만 한 달 만에 서약을 깬 데다, 이 시기 리치먼드에서 애니 리치먼드에게도 구애했다는 것이 휘트먼의 귀에 들어가면서 약혼이 취소됨. 6월 《유레카》 출간.

1849 2월 〈절름발이 개구리〉 발표. 4월 〈폰 켐펠렌과 그의 발견〉 발표. 폭음과 망상으로 나날이 건강이 피폐해져감. 리치먼드에서 9월 17일과 24일 〈시의 원리〉로 두 번의 강연을 함. 어린 시절 첫사랑이자 지금은 부유한 미망인이 된 세라 엘마이라 로이스터를 다시 만나 약혼하고 잠시 포덤의 집으로 돌아갔다가 결혼하기로 약속. 9월 28일 리치먼드를 떠났다가 10월 3일 볼티모어 길거리에서 인사

불성 상태로 발견된 후 의식을 회복하지 못하고 10월 7일 사망함. 어떻게 그곳에서 발견되었으며 사인이 무엇인지에 대해서는 논란이 분분함. 10월 9일 조촐한 장례식과 함께 웨스트민스터홀 묘지에 묻혔다가 1875년 새로 이장되면서 기념비가 세워짐. 시 〈종들〉과 〈애너벨 리〉가 사후에 발표됨.

옮긴이 손나리

서울대학교 영어교육과를 졸업하고 동대학 인문대학원에서 영문학을 전공했다. 〈눈 속의 거울 조각: 실비아 플라스의 "여윔"의 시학〉으로 박사학위를 받았다. 서울시립대학교 글로벌외국어교육센터 객원교수로 재직하며 영어 글쓰기를 가르치고 있고, 성균관대학교와 한국외국어대학교 등에서 영미 시를 강의하고 있다.

에드거 앨런 포 전집 6 | 시 전집
까마귀

초판 1쇄 발행일 2018년 11월 23일
초판 4쇄 발행일 2024년 2월 12일

지은이 에드거 앨런 포
옮긴이 손나리

발행인 윤호권·조윤성

편집 황경하 **디자인** 김지연 **마케팅** 정재영, 윤아림
발행처 ㈜시공사 **주소** 서울시 성동구 상원1길 22, 7-8층 (우편번호 04779)
대표전화 02-3486-6877 **팩스(주문)** 02-585-1755
홈페이지 www.sigongsa.com / www.sigongjunior.com

이 책의 출판권은 (주)시공사에 있습니다. 저작권법에 의해
한국 내에서 보호받는 저작물이므로 무단 전재와 무단 복제를 금합니다.

ISBN 978-89-527-9491-8 04840
ISBN 978-89-527-9485-7 (세트)

*시공사는 시공간을 넘는 무한한 콘텐츠 세상을 만듭니다.
*시공사는 더 나은 내일을 함께 만들 여러분의 소중한 의견을 기다립니다.
*잘못 만들어진 책은 구입하신 곳에서 바꾸어 드립니다.

에드거 앨런 포 전집 1 _ 추리·공포 단편선
모르그 가의 살인 | 권진아 옮김

추리소설의 기틀을 완벽하게 마련한 세 편의 뒤팽 시리즈 〈모르그 가의 살인〉 〈마리 로제 수수께끼〉 〈도둑맞은 편지〉와, 인간 내면의 불안과 광기를 탐구함으로써 공포물의 차원을 높인 〈검은 고양이〉 〈어셔가의 몰락〉 〈윌리엄 윌슨〉 등 27편의 추리·공포소설 전편 수록

에드거 앨런 포 전집 2 _ 풍자·유머 단편선
타르 박사와 페더 교수 요법 | 권진아 옮김

급격한 시대 변화에 뒤틀려가는 인간성을 코믹하게 풍자한 〈작가 싱엄 밥 씨의 일생〉 〈기묘천사〉 〈사기〉와, 미국 역사의 폭력성을 신랄하게 희화화한 〈아무것도 남지 않은 남자〉, 허를 찌르는 전복이 놀라운 〈타르 박사와 페더 교수 요법〉 등 25편의 풍자·유머소설 전편 수록

에드거 앨런 포 전집 3 _ 환상·비행 단편선
한스 팔의 전대미문의 모험 | 권진아 옮김

공상과학소설의 창시라고 일컬어지는 기상천외한 달나라 모험기 〈한스 팔의 전대미문의 모험〉, 꿈속에서나 볼 법한 환상적인 자연경관을 담은 〈아른하임 영지〉, 죽음과 사후 세계, 무의식을 넘나드는 〈모노스와 우나의 대담〉 등 14편의 환상·비행소설 전편 수록